AF439898

EVA NAVARRO LÓPEZ

TEKILA

Depresión no es locura

TEKILA
Depresión no es locura
© Eva Navarro López
Ciudad de México, México, 2022

SALTO AL REVERSO

De esta edición:
Editorial Salto al reverso, 2022
editorialsaltoalreverso.com

Primera edición: junio de 2022

Diseño de portada y colección: Fiesky Rivas

Toda esta historia es completamente cierta. Excepto por las partes que están completamente inventadas.

INVENTING ANNA

AGRADECIMIENTOS

Doy las gracias a mi familia, especialmente a mi madre, por tener siempre la palabra adecuada en el momento preciso, y a mi padre, por dármelo todo sin pedirme nunca nada.

Eternamente agradecida a Julie Sopetrán por guiarme en este camino desconocido para mí. Y a Carla Paola Reyes y Editorial Salto al reverso, por su ayuda y por concederme esta oportunidad.

PRÓLOGO

«El corazón de una mujer es un profundo mar de secretos», decía la protagonista de la taquillera película *Titanic*. Más allá de ser una frase conocida, es una verdad absoluta que podemos ver reflejada en esta novela de Eva Navarro.

Las experiencias de toda una vida son desveladas y contadas de manera abierta, honesta y conmovedora entre estas páginas: el primer amor y el primer desamor, las enfermedades mentales, el nacimiento de los hijos, el combate contra las adicciones, y el hastío de una relación estancada.

¿Quién no querría asomarse y conocer lo que verdaderamente siente una mujer apasionada al atravesar por todas estas vivencias?

Tekila: Depresión no es locura, el primer libro de Eva Navarro, nos lleva de la mano por los intrincados laberintos del corazón femenino, comenzando desde la adolescencia, con los latidos del enamoramiento más puro y la emoción de las relaciones peligrosas, hasta las rupturas que desembocan en batallas de salud mental.

Y es que estas páginas tiran abajo el tabú acerca de estas enfermedades, al hablar abiertamente de lo que siente una persona con depresión, ansiedad, ataques de pánico y síntomas de trastorno obsesivo compulsivo. Y también nos ilustran cómo el ser humano es capaz de superar todas las dificultades, pidiendo y recibiendo ayuda, sí, pero también haciendo uso de todo su arsenal de voluntad y determinación personal.

La protagonista de esta historia semiautobiográfica es una guerrera que no se da por vencida. Al verse arrojada a una batalla contra las adicciones, demuestra dar todo por amor, al igual que, por devoción, lo da todo por sacar a sus hijos adelante.

El estilo desenfadado y fresco de la autora nos conduce por episodios narrados de manera fluida y entretenida. El lector devorará páginas para averiguar cuál será el puerto al que llegará el corazón amante y entregado de la protagonista.

Pero el destino final siempre es incierto, y hay que continuar leyendo, así como hay que continuar viviendo, para descubrir lo que depara la vida a una mujer que abre su caja de secretos.

Carla Paola Reyes
Mayo de 2022

I

Mientras escribo estas palabras, ruedan por mis mejillas lágrimas que saltan de mis ojos, ansiosas de llegar al borde de mi mandíbula y dejarse caer sobre el pecho de mi camiseta.

Me llamo Elena, tengo 45 años, dos hijos maravillosos, y actualmente soy ama de casa.

No soy escritora ni nada que se le parezca, soy una simple mujer como otra cualquiera, dedicada a mi casa y a mis dos hijos.

Os daréis cuenta de ello al tiempo que vayáis leyendo este escrito, porque mi vocabulario no es especialmente rico.

Me gusta leer, pero no suelo escribir, y menos aún para que lo lean otras personas. Simplemente hoy estaba muy triste, más de lo que suelo estar en los últimos meses.

Normalmente, cuando me siento agobiada, estresada, triste o abrumada, suelo salir con mi cámara Nikon a fotografiar mi entorno, o saco el coche del garaje y me voy conduciendo a donde me lleve el aire.

Estas cosas son las que hago casi siempre para tranquilizarme después de una discusión. Pero últimamente esas actividades ya no me sirven y decidí contarle a este papel mis pensamientos.

No tengo ni idea de qué pasará con estas letras, pero bueno, ¡ahí voy!

Desde que tengo conocimiento, como suele decirse, he sido una persona con problemas mentales. Y aquí viene el drama: todos pensando en locura, esquizofrenia, personalidades múltiples, etc.

Y nada más lejos de la realidad.

Tuve mi primera «depresión» con dieciocho años, aunque ya de pequeña me recuerdo como una niña algo «maniática».

Y seguro pensarán: «Bueno, todos los niños tienen manías», y sí... pero las mías jamás las conté a nadie y, lo más extraño es que jamás mis padres les dieron ninguna importancia (¡porque no creo yo que no se dieran cuenta!).

Como iba diciendo, mis manías eran, por ejemplo, repetir un movimiento tres veces, porque si no algo malo iba a pasar, y lo mismo con algunas palabras. Sentía la necesidad de repetir la última sílaba o escupir a escondidas cuando algo me provocaba rechazo.

Un sinfín de pequeñas obsesiones que no me dejaban vivir en «paz». Un niño o un adolescente no deberían vivir con esa presión.

Siempre le pedía a Dios que, si algún día tenía hijos, por favor no fueran como yo.

Pero, volviendo a lo anterior, tenía yo diecisiete o dieciocho años, como dije antes, y estrenaba mi primer noviete: castaño, de ojos verdes y piel morena; fue un flechazo.

Le vi pasar un domingo por el parque donde solíamos sentarnos mis amigas y yo cuando volvíamos por la tarde de la discoteca.

Nos resumíamos cómo había ido la tarde, lo bien que lo habíamos pasado, los chicos que nos gustaban, etc.

Era la última parada del finde antes de volver a la rutina del instituto al día siguiente.

Pues, un domingo como otro cualquiera, le vi pasar; me gustó mucho a primera vista. ¿Quién era? ¿A dónde se dirigía? ¿Por qué no lo conocíamos?

Mi pueblo no es muy grande y casi todos nos conocemos, por lo menos de vernos en los pubs, el instituto o los recreativos. Pero a él jamás le había visto.

Las semanas posteriores volvimos a verle, a la misma hora, pasar por delante de nosotras y dirigirse al mismo lugar, en la misma dirección. Así que, ese domingo decidimos seguirle.

Recorrió un par de calles y se detuvo en un almacén que tenía las puertas abiertas y donde había más jóvenes en la acera riendo, charlando y bebiendo mientras dentro sonaba la música; era lo que solíamos llamar un local de reunión.

Algunas cuadrillas de jóvenes tenían la posibilidad de utilizar alguna nave o garaje de sus padres para reunirse, y allí charlaban, escuchaban música, bebían y, bueno, las típicas cosas que hacen los adolescentes.

Al mirar el corrillo de chavales que se encontraban en la puerta, acerté a distinguir una cara conocida: era una prima mía con la que tenía muy buena relación y eso me provocó un chispazo de alegría, a la vez que una estupenda idea.

Podía preguntarle a ella y averiguar cosas de ese chico que tanto me había gustado.

Como ya tenía claro cuál iba a ser mi siguiente paso, lo dejamos ahí. Dimos la vuelta y nos fuimos.

Por descontado, en cuanto pude, hablé con mi prima y conseguí averiguar cómo se llamaba aquel Adonis, dónde vivía, dónde estudiaba y, por supuesto, que NO tenía novia.

Se ofreció mi queridísima «teta» (así es como llamamos a las primas en mi tierra) a hablarle de mí. Ella podía comentarle que una amiga suya se había fijado en él y quería conocerle.

Solo de ese modo podía saber si él estaba interesado en conocerme, que era lo que realmente me importaba.

Mientras todo este tema se iba cocinando, yo seguía con mi vida, instituto, entrenes de atletismo y demás, vamos, lo que cualquier adolescente suele hacer.

Víviamos en un barrio modesto, en un pequeño piso

que mis padres habían comprado y pagado cuando se casaron. Éramos tres hermanos: dos chicas y un chico, y el chico era el menor de los tres.

Y aunque las habitaciones eras pequeñas y antiguas, mi hermana y yo, que compartíamos la nuestra, la habíamos decorado a nuestro gusto. Con pósteres de la época, algún cuadro pintado por mí y alguna percha. Había quedado acogedora y coqueta: la típica habitación de unas adolescentes.

Era como nuestro fuerte, allí pasábamos horas charlando, escuchando música y contándonos nuestros secretos.

Todos esos años mis manías me habían acompañado, desde la niñez y hasta entonces, ya en plena adolescencia. Era muy difícil y agotador hacer una vida normal, con las amigas, con los compañeros del instituto y con la familia, intentando siempre esconder mis obsesiones. Tratando de parecer normal, intentando que nadie se diera cuenta de que había repetido una palabra varias veces, o sacar un pañuelo del bolsillo y simular que me estaba sonando cuando realmente iba a escupir por algo que había visto u oído y me había provocado rechazo.

Vas aprendiendo con el tiempo a llevar a cabo tus TOCs sin que nadie se percate de que haces cosas raras. Te conviertes en una experta en ocultar tus manías y defectos.

Nunca he sabido si, en algún momento de mi vida, alguien se había dado cuenta de estas cosas. Quizás sí o quizás no, lo cierto es que jamás nadie me preguntó.

Mis dos padres trabajaban, así que mi hermana y yo intentábamos ayudar en todas las tareas posibles de la casa: ir a comprar, limpiar la escalera, los cristales y otras cosas.

Pasaron algunas semanas desde la primera vez que había visto a aquel chico. Y un sábado por la mañana, me dirigía a hacerle unos recados a mi madre cuando, a lo lejos, caminando por la misma acera que yo, venía él hacia mí. Era Axel, que así es como se llamaba, lo sabía porque me había informado mi prima.

Yo andaba esquivando de vez en cuando algún ladrillo de la acera que me parecía peligroso, porque si no lo hacía algo malo podía pasar. Obviamente, cuando te encuentras en una situación diferente o estresante, estas manías desaparecen por arte de magia y tu cabeza se centra en lo que realmente te importa en ese momento.

Aunque, en algunas ocasiones, si la presión del momento es muy grande, como por ejemplo un examen o algún problema familiar, esas manías se pueden multiplicar por dos y puedes llegar al extremo de esconderte, porque si no lo haces es seguro que alguien se daría cuenta.

Volviendo a aquel día, Axel caminaba con la cabeza baja, las manos en los bolsillos de una *bomber* gris, a paso ligero. Se iba acercando a mí, y me ardía el pecho y la cabeza.

«¿Qué hago? ¿Lo miro? ¿Agacho la cabeza y paso sin mirar?», pensé.

Las ideas se me agolpaban y los nervios que sentía en el estómago iban creciendo. De repente, cuando se encontraba a un metro de cruzarse conmigo, levanté la cabeza y le vi a él haciendo lo mismo. Le miré fijamente a esos verdes ojos que tenía y, sin pensarlo dos veces y sin saber por qué se me ocurrió, le guiñé el ojo junto con una medio sonrisa.

Fueron dos segundos, dos simples pasos, y ya había pasado de largo, pero le había dejado mi huella. No sé muy bien lo que él pensaría de mí en ese momento, una extraña que te guiña el ojo y te sonríe, qué locura, por Dios.

¿Cómo se me ocurrió…? Por una parte, me arrepentí al segundo, pero ya estaba hecho.

Cuando se lo conté a mis amigas, se volvían locas de la risa.

—¿Cómo se te ocurre? Ja, ja, ja, estás loca, tía —decían.

Bueno, por lo menos aquella tarde lo pasamos bien y nos reímos a mi costa, pero no me importaba: yo estaba feliz.

A la semana siguiente teníamos una comida familiar. Mi abuela nos invitaba a comer en un restaurante a todos los tíos y primos. Era una costumbre y tradición de cada año.

Obviamente, aproveché y me senté en la mesa al lado de mi teta Karem. Quería información fresca, saber si Axel había accedido a conocer a una desconocida que bebía los vientos por él.

Empecé mi interrogatorio.

—¿Qué? ¿Tienes novedades, teta?

Ella me miró seria.

—¿¿Novedades?? —dijo.

—Síí, chica! De Axel, ¿le dijiste eso?

Entonces me mostró una media sonrisa torcida y echó a reír.

—¡Sí, tonta! Hablé con él y le comenté que una amiga y prima mía quería conocerle.

—¿Y? ¿Es bueno o malo? ¿Qué te dijo?

—Pueesss, ¡ambas!

—¿¿Cómo que ambas?? Va, ¡suelta!

—Me dijo que vale, que no tenía ningún problema en conocerte y que os presente.

—¡Yujúúú! —dije yo, saltando en la silla.

—¡¡Espera!! —dijo la teta—. Hay más. Me dijo que le parecía buena idea, aunque ya le gusta otra chica...

Mi gozo en un pozo. Tenía que saber quién puñetas era la «Julieta» de mi chico.

—¿Otra chica? —dije—. ¿Quién? ¿Alguien que conozcamos?

—No sé, solo me dijo que la ha visto unas cuantas veces y que le gusta mucho.

—De hecho, está muy pesado con el tema desde la última vez que la vio. Dice que se cruzaron por la calle y… ¡ella le guiñó un ojo! Ja, ja, ja, ¿te imaginas?

—¿Cómo? ¿Eh?

Mis ojos se abrieron como platos, mirándola, mi boca se quedó abierta… ¿¿Estaba hablando de mí??

¡¡Estaba hablando de mí!! ¡¡Síí!!

«Ja, ja, ja, ¡yujúúú!», pensé para mis adentros. Estaba flipando en colores, no me lo podía creer... ¡Era yo! ¡Qué locura!

Mi prima me veía reír y preguntó:

—¿¿Qué pasa?? ¿De qué te ríes, pedorra? ¿Por qué te alegras?

Obviamente decidí callarme mi secreto.

—Entonces, ¿cuándo nos vamos a ver? —pregunté.

—El viernes nos vemos en R2 —dijo ella, refiriéndose a un pub del pueblo—. ¿Ok? ¿A las nueve te parece bien?

—¡Claro! Allí estaré —respondí ansiosa.

II

El motivo por el que empecé a escribir estas palabras, que poco a poco se han convertido casi en un diario, es porque hoy en día estoy pasando por un momento en el que mi alma está encogida de dolor, mi corazón partido de «no amor», y mi cerebro tan envenenado de todo lo anterior que he llegado a dudar de mi cordura.

Hablando ahora ya en presente.

Conocí a Héctor, mi actual pareja, hace quince años y llevamos juntos casi catorce.

Coincidimos en una empresa de nuevas tecnologías en la que yo empecé a trabajar de grabadora de datos y en la que finalmente me quedé cuatro años más, hasta que cerró a causa de la crisis.

Él era técnico en Electrónica y trabajaba en el laboratorio de la empresa.

Precisamente cuando me renovaron el contrato la segunda vez, me trasladaron a su departamento.

Allí me encargaría de las incidencias de transporte y algunas cosas más relacionadas con la logística.

Héctor tenía pareja en aquel momento, una chica con la que llevaba saliendo unos tres años aproximadamente. Tenían una relación estable, aunque cada uno vivía en casa de sus padres y se veían únicamente los fines de semana.

No hay que ser experto para saber que no es lo mismo ser novios que convivir bajo el mismo techo.

Cuando convives con tu pareja empiezan a aparecer los defectos de uno y el otro, las diferencias de opiniones y un largo etcétera.

Es ahí cuando realmente conoces a la otra persona y sabes si sois afines o no.

A pesar de tener una relación tranquila y apacible con su novia, me daba la sensación de que él estaba con ella, más que por amor, simplemente por comodidad.

Nosotros dos nos gustamos en cuanto nos conocimos, y eso llevó al coqueteo y el tonteo.

Finalmente, él terminó dejando a su novia y empezamos a vernos fuera del trabajo de vez en cuando.

Yo, que estaba divorciada desde hacía dos años del que había sido mi marido, ya tenía a mi queridísimo hijo Adrián, que tenía alrededor de tres años por aquel entonces.

Entre idas y venidas a mi casa y quedadas los findes, fueron pasando las semanas y, a los diez meses de estar saliendo juntos, me quedé embarazada.

No fue buscado, pero tampoco lo evitamos; simplemente llegó.

A riesgo de parecer insensible, tengo que decir que tuve mis dudas sobre si seguir adelante con aquel embarazo o no.

Entre nosotros había química y atracción, pero sinceramente fue una relación tóxica desde el minuto uno.

Hoy me encuentro escribiendo esto, catorce años después, porque hemos tenido otra de nuestras peleas y estoy en mi cama, como siempre hago, dando vueltas a lo ocurrido, e intentando mantener una conversación para solucionar el problema.

Pero esto no ocurre nunca, es más, si me acerco a él para hablar, se pone nervioso y empieza a decir que solo quiero tocarle los huevos; y se encabrita y acabamos aún peor.

Han sido muchas las veces que me he ido de casa, nerviosa, a pasearme o despejarme después de una bronca, o se ha ido él.

E infinitas las ocasiones en las que ambos hemos dicho: «¡Fin! ¡Hasta aquí!».

Pero ninguno de los dos hacía nada ni daba un paso adelante. Después de una discusión, pasaban los días y todo se olvidaba hasta la siguiente pelea.

Pero ahora es distinto, estoy sintiendo que este sí que es el fin; algo en mí ha cambiado de verdad.

Llevo ocho meses con un tratamiento antidepresivo —de nuevo— por ansiedad y pánico, y lo estoy pasando sola.

Y cuando digo sola me refiero aquí en mi casa. Porque mis hermanos y mis padres, por suerte, están conmigo apoyándome e impulsándome.

El psiquiatra me preguntó en la primera visita si tenía algún motivo concreto para sentirme así, y en ese momento no lo tenía o, mejor dicho, no lo relacionaba. Pero es que el verdadero motivo de todo lo que estoy sintiendo y sufriendo ahora es la suma de estos amargos y tormentosos años de malvivir.

Sé que el motivo de mi enfermedad se debe a que mi alma esta encogida de dolor y cansancio, y mi mente desgastada. Siento que soy una mariposa en una jaula, viendo la vida pasar y soñando en cómo sería poder hacer lo que hacen las mariposas.

Y con esa ensoñación llevo sobreviviendo 14 años.

Miro atrás y no reconozco la persona que soy ahora, triste por dentro y con una careta con una sonrisa por fuera para evitar que nadie sepa lo infeliz que soy.

No voy a decir que Héctor sea el ogro de esta historia; con él he aprendido mucho, me ha hecho ser mejor persona, más empática. He aprendido a ver el lado bueno de la gente, a ser paciente y a respirar antes de decir palabras dolorosas, a no ser tan impulsiva.

Hemos tenido momentos buenos, aunque han sido pocos, hemos hecho algún viaje que yo he preparado porque a él no le gusta viajar y siempre va a regañadientes.

Pero, al mismo tiempo, me ha ido apagando.

Y siempre he tenido la impresión de que cuánto más me apagaba yo, más se crecía él. Era como si él se alimentara de mi tristeza. Igual que se consume la mecha de una vela.

Yo he sido siempre una persona muy activa, creativa y soñadora, yo dibujaba y pintaba, me gustaba leer.

Tenía mis dibujos a carboncillo, mis cuadros al óleo, apasionada de la fotografía, una aventurera sin miedos.

Me compré mi propia moto de cilindrada que aprendí a conducir sola.

Hice *puenting* un verano y *rafting* acompañada de mi padre, me crucé el país en coche para visitar una provincia preciosa y un sinfín de cosas.

Pero, hoy en día, apenas conduzco, hace años que no dibujo, no recuerdo el último libro que leí ni el último lugar lejano o cercano al que viajé.

Soy una persona con tres alarmas en el móvil que suenan cada vez que debo tomar mis pastillas.

Soy una mujer que sorprende a su pareja masturbándose en plena noche y ni se inmuta porque ya hace meses que no tenemos relaciones sexuales, ni siquiera compartimos cama.

No me puedo reconocer y eso me ha llegado a asustar tanto que sé, es más, estoy segura de que tengo que apartarle de mi vida ya.

La decisión está tomada, porque por fin he visto que ya no siento absolutamente nada por él, ni siquiera odio, únicamente indiferencia.

Y mentiría si dijera que no siento rencor por todo lo que he perdido a lo largo de este camino.

Han sido muchas las ocasiones en las que él no ha sabido querer y dar amor a mi hijo mayor. Muchas veces le hablaba mal o simplemente le ignoraba, únicamente para castigarme a mí.

Cada vez que actuaba de esta forma automáticamente se avecinaba una discusión.

Porque yo no estaba dispuesta a permitir que nadie ignorara a un niño que no era culpable de nada, únicamente para dañar a su madre.

Y no es necesario que fueran insultos —que no lo eran—, sino las formas.

La forma de hablarle, de decirle las cosas, como he explicado antes, siempre terminaba en bronca entre nosotros dos, obviamente.

Por supuesto, yo no me callaba y entonces llegaban los insultos, los gritos y los golpes a la pared o a los muebles.

Y vosotros diréis: «¿¿Por qué cojones sigues viviendo con él??». Pues puede parecer un tópico, pero es la realidad... Por mi falta de independencia económica.

Estoy segura de que en este preciso momento habrá muchas mujeres o incluso hombres que se vean obligados a vivir con una pareja a la que ya no aman, simplemente por no tener un trabajo y no poder ser independientes económicamente.

He llegado a una edad en la que, al parecer, soy demasiado mayor para cualquier puesto de trabajo. Son miles los currículums que he enviado, las entrevistas que he hecho, pero siempre acaban igual: esperando la deseada llamada.

He ideado miles de proyectos en mi cabeza que podría emprender, pero no tengo dinero ni forma de conseguirlo.

Lo que tengo claro es que soy una luchadora y no dejaré de intentarlo nunca.

Así que hoy, a las 00:00 horas que son exactamente, solo puedo decir que sigo esperando un trabajo para poder emprender una nueva vida sin él.

Cuando una persona llega a este límite en el que yo me encuentro ahora, aunque soy joven porque tengo cuarenta y seis años, el amor ya no te importa tanto. Cuando has sufrido de ese modo, simplemente ya no es tu prioridad y se convierte en algo secundario.

Únicamente piensas en el bienestar tuyo y de tus hijos.

Y eso es lo que busco yo ahora: la paz interior y ella me llevará a la paz exterior.

Encontrar de nuevo a la Elena soñadora, creativa, aventurera, la que no esperaba con ansia que sonara la alarma para tomar mi dosis de antidepresivos.

Solo espero que el universo me tenga algo bueno preparado.

Nunca fui muy practicante, he tenido épocas en las que lo era; épocas en las que renegaba de Dios y de todo lo referente a la iglesia, sobre todo cuando murió mi exmarido, aunque eso es otra historia.

Pero realmente creo que, a fecha de hoy, siempre he sido agnóstica.

Respeto a todo el mundo, pero tengo que decir que únicamente rezo cuando siento la necesidad de que algo superior a mí me eche una mano. En situaciones en las que no ves salida y te amparas a cualquier cosa.

De momento, tengo mis preciados recuerdos a buen recaudo en mi mente, donde nadie los puede dañar ni borrar.

Eso sí que es únicamente mío. Nadie me los puede robar y de ellos os iré hablando a partir de ahora y con mis propias palabras. Las palabras de una persona normal y corriente, posiblemente sin un vocabulario extravagante o una expresión correcta.

Son solo las palabras de una mujer expresándose a su manera.

Una vida, pienso yo, digna de ser leída, porque estoy segura de que ayudará a alguien y, con poder ayudar a una sola persona a revivir, me habré sentido satisfecha.

III

Volviendo a la historia de mi primer amor y de mi primera depresión: había llegado el ansiado día, por fin iba a conocer oficialmente a Axel.

Eran aproximadamente las tres de la tarde y ya estaba yo como loca revolviendo en el armario mi ropa y la de mi hermana, en busca de algo que lucir aquella noche.

Todavía faltaban seis horas hasta el momento exacto en el que yo pudiera hacer mi esplendorosa aparición por el pub como una diva.

Estaba segura de que todo iba a salir bien porque yo jugaba con ventaja. Sabía que Axel estaba interesado en mí. Sabía que yo le gustaba y eso me daba una seguridad que él no tendría.

Axel no sabía a quién iban a presentarle; él estaba haciéndole un favor a mi «teta», por ser amiga suya, sin saber que la supuesta chica que quería conocerle era su prima.

«¡Madre mía!», pensaba yo. «¿¿Cuál sería su reacción cuando me viera aparecer y se percatara entonces de que la prima de Karem era la misma chica que le había guiñado el ojo aquel día por la calle??».

Estaba segura de que su sorpresa sería imposible de ocultar. Yo tenía una enorme ventaja: sabía que él bebía los vientos por mí y eso me daba una gran seguridad.

Siempre he sido diferente al resto de las chicas de mi edad en mis gustos, mi forma de ver y disfrutar la vida. No he tenido nunca modelos que me inspiraran; yo era mi propia inspiración y mi propio modelo a seguir... Exceptuando mis TOCs y mis manías.

Pero he sido una persona muy decidida, quizás demasiado, dependiendo de la ocasión y sin pensar antes de actuar, o si lo que iba a hacer o decir podría traer consecuencias, buenas o malas.

Podría decir que, en todas las relaciones que he tenido en mi vida, siempre he sido yo quién ha dado el primer paso de un modo u otro. Cuando he querido algo, he ido a por ello, y punto.

Solo hay una cosa que siempre tendré clavada a fuego, y que no pude hacer por culpa de mis padres. Pero aquello sucedió poco tiempo después de conocer a Axel.

Quise ser soldado profesional, me apasionaba. Quería presentarme a las pruebas que realizaban en el centro de reclutamiento militar y llegar a ser soldado del Ejército de Tierra.

Llegué incluso a inscribirme, y tenía la fecha y el lugar donde se realizarían las pruebas. Pero cuando mis padres se enteraron me lo prohibieron rotundamente.

—¡¡Jamás!! —dijo mi padre cuando se enteró de todo lo que había estado haciendo a sus espaldas—. ¡Tú estudiarás aquí, en un instituto, como una chica normal de tu edad!

Y con 18 años recién cumplidos no pude hacer más que acatar sus órdenes; eran mis padres y poco más podía hacer yo para hacerles cambiar de opinión.

Pero no quiero desviarme del tema al que íbamos.

Tras vestirme y desvestirme muchas veces, probarme todos mis zapatos, botas y chaquetas, elegí el vestuario para aquella ocasión.

Así que, después de una ducha, sequé mi larga melena oscura y me pasé la plancha del pelo.

Una manita de maquillaje, unas sombras oscuras con un *eyeliner* y máscara de pestañas para mis oscuros ojos marrones, y ya estaba preparada, cual modelo de pasarela, para salir.

Llegué al pub con mis amigas pasados unos 15 minutos de la hora acordada; no quería yo parecer desesperada.

Tenía analizado cada movimiento que iba a hacer aquella noche.

Entramos todas juntas al bar y la música se hizo más fuerte. La luz era la típica de un pub, medio a oscuras, con luces de colores moviéndose al son del tecno que sonaba.

Estaba lleno de juventud, bebiendo con sus cubatas en la mano, bailando y charlando o intentándolo, ya que el volumen estaba alto.

Empecé a ojear todo el local y en menos de cero coma le vi... al fondo, junto a la barra, charlando con una chica que, aunque estaba de espaldas, reconocí de inmediato: era mi «teta».

En cuanto Axel miró por encima del hombro de Karem, sus ojos se clavaron en los míos y puede ver que su rostro, a pesar de las luces, cambiaba de color y enrojecía por segundos.

Le vi susurrarle algo al oído a mi prima, y entonces ella se dio la vuelta y me miró.

De inmediato se volvió hacia él y le dijo algo, y entonces ella empezó a reír a carcajadas, se dio de nuevo la vuelta y caminó hacia mí.

Nos dimos un abrazo y dos besos, algo que era normal siempre que veías a algún amigo o amiga, y me dijo al oído riendo:

—¡Qué perra eres! Y me miró.

—Ya sabías que hablaba de ti cuando te conté aquella historia, ¿verdad? ¡Por eso aquella risilla que soltaste!

—Ven —me dijo—. Vamos y os presento.

Tengo que decir que, a pesar de jugar con ventaja, mi corazón latía a mil revoluciones y sentí cómo un calor empezaba a abrasarme la cara.

Nos acercamos hasta donde estaba Axel y, mirándonos a ambos, Karem dijo:

—Bueno... Pues, Axel, esta es mi prima Elena. — Y, mirándome a mí, dijo— Elena, este es Axel.

Él se acercó a mí y me dio dos besos, y en ese momento su olor me cautivó y también la suavidad de su piel.

Por momentos, mis oídos dejaron de escuchar la música y el murmullo de la gente, todos quienes allí estaban se volvieron invisibles para mí. Era como si todo a nuestro alrededor hubiera desaparecido y únicamente estuviéramos los dos en medio de la «nada».

No recuerdo ni a mi prima marchándose y dejándonos a solas.

Intercambiamos algunas frases, lo típico cuando conoces a alguien: paparruchas sin mucho sentido, más por llenar un silencio incomodo, aunque la música seguía sonando.

Finalmente le dije:

—¿Quieres que salgamos y charlamos sin tanto griterío?

—Sí, claro —dijo él—. Mejor que este escándalo.

Y así lo hicimos. El pub se encontraba en un parque, así que buscamos un banco donde sentarnos y empezamos a charlar. Poco a poco la vergüenza se fue convirtiendo en curiosidad y empezamos a hacernos preguntas para ir conociéndonos.

Obviamente su primera pregunta fue:

—Cuándo Karem te dijo que me gustaba otra chica... supiste de inmediato que eras tú, ¿verdad? —Y sonrió con vergüenza.

Le miré fijamente a aquellos ojos verdes y sonriendo le dije:

—Sí, al principio me dijo que te gustaba otra chica, pero que no tenías ningún problema en conocerme. Pero cuando le pregunté quién era esa chica y me contó la historia del guiño del ojo, supe que te referías a mí.

—¡Qué mala eres! —dijo sonriendo—. ¿Por qué lo

hiciste?

—Bueno, tenía que llamar tu atención y ese día me vino perfecto. Ya hacía varias semanas que te había visto pasar por el parque y quería saber quién eras, porque pasabas cada domingo por nuestro lado y ni siquiera nos veías.

—Bueno, eso no es así —dijo Axel—. Yo te había visto incluso antes que tú a mí.

«¿Cómo?», pensé.

—¿Y eso? —pregunté.

—Bueno, antes, cuando iba al local lo hacía por la acera de detrás del parque, hasta un día que os vi. Me fijé en ti y decidí hacer el camino por dentro del parque y pasar por delante de vuestro banquito, a ver qué ocurría… y surtió efecto.

Vaya, vaya con el tímido Axel; había resultado ser un poco estratega también. Y seguimos charlando y charlando.

Después de aquella noche volvimos a quedar otra más y otra y otra, y finalmente comenzamos una relación.

Con los meses se fue convirtiendo en algo más que un rollete; éramos pareja o novios y, bueno, yo ya había conocido a sus padres y al revés.

Su madre era de Melilla y su padre, de aquí. Se conocieron mientras él realizaba el servicio militar allá en Melilla y entablaron una relación. Al parecer, cuando el padre terminó su servicio y volvió a España, dejó aquella relación de lado. Pero ella no estaba dispuesta a dejar pasar las promesas hechas por él y la ocasión de casarse con un español para empezar una vida mejor en España. Así que, se vino en su busca y finalmente terminaron casándose.

Axel tenía una hermana mayor que él por unos dos o tres años, y la relación entre ambos no era demasiado buena. Yo empecé a notar que su madre no me recibía con buen gusto en su casa y su hermana, que tenía novio, tampoco.

Los veranos los pasaba Axel en su apartamento de la playa, a unos 20 kilómetros nuestra ciudad. Así que, después de casi 10 meses de relación, ese verano nos vimos poco.

El novio de su hermana era bien recibido allí y pasaba algunos días o fines de semana. Pero yo jamás fui invitada.

Pasaban las semanas y le echaba mucho de menos, así que me acercaba de vez en cuando al taller de su padre y le preguntaba por él.

No entendía por qué no me llamaba por teléfono, por qué no cogía el autobús para venir a verme, sabiendo que yo no podía presentarme allí sin el permiso de su madre.

Me dolía que no me invitaran ni tan siquiera a pasar un día en su piso en la playa. Aunque, finalmente, por lo poco que me contaba su padre y lo que yo ya intuía, pude deducir que era su madre la que no me quería ver por allí.

Yo no era buena para su hijo, y lo que había empezado como una tontería de adolescentes se estaba convirtiendo en algo más serio, y ella no lo aprobaba. Precisamente ella, que venía de pasar hambre en su tierra y había venido tras un hombre por sus propios intereses.

Mi padre era un modesto carpintero, con un sueldo muy justo, pero había conseguido siempre con sacrificio que lleváramos una buena vida.

Siempre habíamos podido tener las mismas cosas que el resto de mis amigas, teníamos nuestras modestas vacaciones de verano en un *camping* de una urbanización, de donde tengo recuerdos maravillosos de toda mi infancia y parte de la adolescencia.

A pesar de todo lo que la madre de Axel opinaba de mí, nuestra relación iba maravillosamente.

Un día habíamos estado fumándonos unos canutos en un pub de *hippies* que solía frecuentar él con sus amigos y al que yo me hice asidua por él. En aquel momento, escuché una canción que me entró hasta lo profundo del alma. Ambos sentimos lo mismo y nos miramos con ojos de pasión y deseo.

¿Quién cantaba aquella canción? ¿Por qué nos había

penetrado tanto a los dos?

¿Quizás era a causa de la marihuana? ¿O simplemente era una canción especial para nosotros?

Aquella era y sería nuestra canción para toda la vida. Una misteriosa canción que nos había embriagado a los dos, pero que no sabíamos a quién pertenecía.

Era una canción en inglés y no sabíamos de qué hablaba la letra, pero la única palabra que lograba entender era «Sara». Obviamente aquella canción estaba dedicada a una mujer, al amor especial de alguien.

Estaba compuesta para alguien en especial, por lo que era una canción de amor, seguro.

Desde ese día se convirtió en nuestra canción y decidí que tenía que averiguar todo lo posible sobre aquel grupo y aquella canción.

En la radio no la ponían nunca, por lo que no era una canción del momento ni reciente, y por el ritmo me sonaba a estilo años setenta.

Empecé a indagar y, tras muchas semanas, se me ocurrió entrar en la única tienda de discos que había en nuestra ciudad. Le expliqué todo lo que pude sobre la canción, el ritmo, la palabra «Sara» y cuánto pude a la dueña. Finalmente, la señora me dijo:

—Podría ser esta...

Y sacó de un cajón una cinta de radiocasete y la puso en un pequeño aparato que tenía encima del mostrador.

Y de repente allí estaba... aquella melodía. ¡¡¡Era esa!!! ¡Por fin la había encontrado!

Le pregunté el precio y me dijo que no la podía vender, ya que era una cinta virgen grabada por ella, pero que si quería podía conseguirme el disco de aquel grupo.

La canción realmente se llamaba así, «Sara», y el grupo era una banda muy antigua llamada Fleetwood Mac.

Obviamente pensé: «¡Lo quiero, quiero ese disco! Es más, se lo voy a regalar a Axel para su cumpleaños, que es dentro de poco». Así que le encargué el disco a la dueña de la tienda, y en unos días tenía el vinilo en mis manos.

Aquella portada en color verde con sus letras doradas... «FLEETWOOD MAC», lo acaricié como si de un tesoro se tratara.

Le pagué a la señora y le di las gracias varias veces por su paciencia y ayuda, y salí de allí flotando.

En cuanto llegué a casa, lo saqué de la bolsa para empaquetarlo con un papel bonito y no pude resistirme a acercarlo a mi cara y olerlo.

Puede parecer una chorrada, pero me olía a triunfo, a amor.

Tengo que reconocer que ver la cara de Axel cuando lo abrió el día de su cumpleaños no tiene precio, no hay palabras para explicar la ilusión que le hizo.

Cuando le conté todo el periplo recorrido hasta dar con él, todo lo que había hecho para averiguar sobre aquella canción y, más aún, conseguir el disco solo para poder regalárselo, fue maravilloso.

Dejando a un lado aquella maravillosa anécdota, su madre seguía sin aceptarme y opinaba que su hijo no era para mí.

Axel me había llevado a pasar algún fin de semana a su apartamento de la playa cuando no estaban sus padres.

Una vez, incluso me despertó por la mañana para llevarme a montar en moto acuática. Nunca había probado algo así y me encantó.

Me gustó muchísimo la sorpresa que me había preparado y, sobre todo, la experiencia de surcar el mar a toda velocidad; fue simplemente increíble.

Volviendo a aquel verano, yo sabía que su madre estaba aprovechando aquellos dos meses para mentalizar a su hijo de que tenía que terminar con nuestra relación.

Yo, que ya me olía que algo estaba pasando y sin poder hablar con él ni siquiera por teléfono, tomé una decisión.

Me presenté un día en al taller de su padre y le dije que había quedado con Axel. Le dije que su hijo me había enviado allí para que pudiera volver con él al apartamento cuando terminara la jornada.

Su padre accedió a llevarme a regañadientes. El hombre me apreciaba y me había tomado cariño, me trataba bien y se veía que yo era de su agrado, pero en aquella casa los pantalones los llevaba la esposa; y él sabía que si me llevaba allí habría consecuencias, pero aun así accedió.

Al llegar al apartamento, su padre me pidió que esperara abajo en el portal.

—Yo le diré a Axel que estás aquí, y él bajará en cinco minutos.

—Ok —dije yo, aunque avergonzada de tener que quedarme en la calle.

Pasaron cinco, diez, veinte e incluso 45 minutos y Axel no bajaba, así que decidí llamar al timbre.

La voz de su madre respondió por el telefonillo

—¿Sí?

—¡Hola, Carmen! Soy Elena. He venido con unas amigas en el bus a pasar la tarde y pensé en acercarme a ver a Axel.

Se hizo un pequeño silencio que me pareció eterno y respondió:

—Ahora le digo que estás aquí y que baje.

¡¡Ni siquiera me dejaba subir!! ¡¡Qué humillación!! ¿Por qué no me quería aquella mujer? Yo la había tratado con respeto siempre, no lo podía entender.

A los cinco minutos estaba saliendo Axel por el portal. Me abalancé sobre él, le abracé con fuerza y le besé con pasión, pero no fue recíproco.

¿Qué había pasado durante aquel mes? Estaba frío y distante, ¡no se alegraba de verme! Entonces rompí a llorar.

—¿¿Sabes cuánto tiempo llevo aquí abajo?? Vine con tu padre en su coche... y me dijo: «Espérate aquí y ahora le digo a

Axel que baje». ¡¡De eso hace cuarenta y cinco minutos!!

Le sorprendió saber que me había llevado su padre, pero su actitud no cambió.

Pasamos la tarde en la playa y en la piscina, charlando, pero algo no iba bien.

Aquel chico que dos meses antes me había llevado a ese mismo apartamento a pasar un finde solos, que me había llevado a montar en moto acuática como sorpresa especial, aquel chico con el que había compartido tantas tardes de risas y diversión, con el que había descubierto el sexo, aquel chico con el que había vivido cosas nuevas en mi vida y muy intensas ahora ya no era el mismo.

Cuando pasó la tarde, volví a mi casa en autobús con una sensación amarga. El verano estaba acabando y en unos días él volvería a casa de nuevo y todo sería como antes, pensaba yo, autoconvenciéndome a mí misma.

Pero no fue así.

Empezó el mes de septiembre y con él las clases; yo iba a un instituto y él iba a otro.

En pocas semanas, la relación se enfrió muy rápido. Así que, un día a la hora del descanso, cuando salíamos a almorzar, decidí ir a su instituto a verle por sorpresa... y la sorpresa fue para mí cuando le vi con otra chica.

Su reacción no fue la que yo esperaba, de pillado in fraganti; parecía más bien aliviado.

Ya no tenía que decirme nada, ya estaba todo dicho, una simple imagen valía más que cualquier palabra.

Aun así, insistí en quedar una tarde para hablar, y así lo hicimos.

Le pregunté si ya no me quería... si ya no quería estar conmigo. Su silencio no aportaba nada. Es más, no hacía más que provocarme más impotencia y más preguntas.

Después de un buen rato sin respuestas y sin encontrar sentido a aquello, le dije:

—¿Quieres dejarlo?

—Sí —respondió él.

—Ok, pues nada, que te vaya bien la vida. —Y me di la vuelta para irme.

Entonces dijo:

—¡Elena!

Yo me detuve con una chispa de esperanza y me giré...

—Dime —respondí.

Me miró con ojos lagrimosos durante unos segundos y respondió:

—Nada. —Y agachó la cabeza.

Me di la vuelta de nuevo y empecé a andar con lágrimas en los ojos. Cuando había andado unos veinticinco o treinta metros me di la vuelta para mirar, y él seguía allí, plantado, cabeza gacha y las manos en los bolsillos de su *bomber*, como la primera vez que le vi.

Jamás volví a saber de él…

Hasta hace dos años cuando compramos nuestro nuevo piso y me lo crucé en el portal.

Después de 30 años terminamos viviendo en mismo edificio; ¡cómo es la vida de curiosa y puñetera!

Cuando vi a su esposa fue como si estuviera mirando a su madre. Obviamente, no era aquella chica con la que le sorprendí en el instituto.

IV

Volviendo al pasado…

Las semanas que siguieron a nuestra ruptura fueron una pesadilla, me atormentaban las dudas: «¿Por qué no me había elegido, por qué su madre me detestaba? ¿Y por qué su hermana me había tratado tan mal?».

Muchas preguntas sin ninguna respuesta no auguran nada bueno. Tantas vueltas le di a todo aquello que terminé enfermando.

Perdí el apetito, la ilusión, la alegría y las ganas de salir, mientras él ya estaba con otra. Ahí fue cuando mi madre decidió que tenía que visitar al médico, y este me remitió a un psiquiatra, que me recetó un tratamiento antidepresivo.

Nada más tengo que contar sobre esto: fue mi primer amor, mi primera depresión.

Aunque no sé si para una situación así, en la que el problema de fondo es un amor de juventud, deberían haberme recetado tales medicamentos.

Posiblemente no fue la mejor decisión de un médico… Eso es lo que opino yo ahora, viéndolo a la distancia.

Son medicamentos adictivos, difíciles de retirar, y para una chica tan joven, cuyo único problema era el desamor, posiblemente podría haberse solucionado sin medicación. Pero, bueno, el médico era él y mi madre estuvo de acuerdo. Así que, los tomé hasta que poco a poco y con la mejoría me los quitaron.

No creo que la mejora fuera por los antidepresivos, simplemente mi joven corazón se cicatrizó y punto.

Cuando mi cuerpo empezó a recobrar energía, a sentir de nuevo ganas de salir y divertirme, fui olvidando aquella etapa y empecé de nuevo a ir a la discoteca y de copas, aunque ya mis amigas no eran las mismas.

Una prima mía llamada Noa había estado a mi lado durante esos meses en los que me sentía tan triste. Ella, mi hermana y sus amigas fueron desde entonces mi cuadrilla.

Era un grupo de chicas y chicos, y todos salían de fiesta juntos en sus coches hacia lo que entonces se llamaba La Ruta del Bakalao.

La Ruta del Bakalao era una serie de discotecas, todas ellas en un tramo de unos 20 kilómetros y en la misma carretera, y donde, según decían en todos los programas de TV, se consumía todo tipo de drogas y la gente salía un viernes de casa y empalmaba hasta el domingo o incluso el lunes de fiesta, yendo de una discoteca a otra.

Y no iban desencaminados los medios de comunicación. Aquello era lo que solía hacer la mayoría de la gente, personas que venían de todas las provincias de España solo a pasar el finde sin dormir para luego volver directos un lunes al trabajo, sin haber descansado ni comido.

No era mi caso, ya que mis padres me habían puesto un horario, y yo a las tres de la madrugada tenía que estar en casa sí o sí.

Y jamás les desobedecí.

Yo frecuentaba las mismas discotecas y siempre había alguien con quien volver a casa.

Fue entonces cuando conocí a Monchi; yo no me había fijado en él nunca, pero al revés sí y fue él quien me entró.

Tengo que confesar que era un «ficha»: traficaba, consumía y tenía la mano larga cuando iba de compras, pero en aquella época tener un chico así como novio te daba una posición entre la juventud, yo era la novia del «Monchi» y me hacía sentir importante.

Un día en un noticiero hablaron de una reyerta que había ocurrido en una de estas famosas discotecas, había heridos, detenidos y un chico había terminado en el hospital después de una tremenda paliza. Cuál fue mi sorpresa cuando me enteré de que el justiciero autor de aquello era mi novio, y algunos de sus amigos.

«¿Qué clase de persona era?», me pregunté. Me asusté, pero a la vez los amigos lo narraban entre carcajadas y pensé: «Tengo que adaptarme a esta forma de vida, al parecer». Riñas las había todas las semanas y parecía que aquello era normal, así que pasé del tema hasta cierto día.

Fuimos a casa de Monchi, no recuerdo para qué, y llamamos al timbre. Tardaban en abrir, por lo que pensamos que no había nadie, pero minutos después la abuela contestó al telefonillo, nos abrió la puerta de abajo y subimos. En cuanto pusimos un pie dentro de su casa, la abuela, que estaba esperándonos con la puerta abierta, recibió un tortazo.

Quedé estupefacta. Monchi le había dado una bofetada a su abuela por tardar en abrir.

«¡¿Qué?! ¿Qué es esto?», pensé. Lo que no sabía en aquel momento era que la siguiente iba a ser yo.

Las semanas pasaban como siempre, con nuestras idas y venidas. Un día que habíamos tenido un enfado por alguna chorrada íbamos montados en su moto, llegamos a su casa y aparcamos encima de la acera. En cuanto me bajé de la moto le pregunté sobre el tema por el que habíamos discutido y, sin verlo venir, sentí un golpe en la mejilla que me dejó muda.

«¡¿Qué era aquello?! ¿¿Me había pegado?? ¿Era culpa mía por volver a sacar el tema?», pensé. La cuestión es que después de aquella bofetada no hubo más palabras por parte de ninguno de los dos.

Aquello que había ocurrido en plena calle quedó olvidado, ni yo pedí explicaciones ni él pidió perdón. Siguieron pasando las semanas y los meses.

A veces le robaba el coche a su padre para salir de fiesta sin tener *carnet* de conducir, pero yo montaba de copiloto y me dejaba llevar.

Casi un año después de empezar a salir juntos, me había enseñado a conducir su motocicleta de gran cilindrada, su padre nos había pillado practicando sexo en el sofá de su casa y había vivido todas mis primeras experiencias con él. Pero un día que volvíamos a estar enfadados, me presenté en su casa con un regalo, dispuesta a hacer las paces.

Cuando abrió la puerta y me vio, me dijo que me fuera; su primo estaba allí con él. Insistí en hablar y resolver las diferencias, pero él se negaba, hasta que en una de esas que iba yo a hablar, me soltó un revés en la cara. Esta vez me dio en un ojo, que empezó a hincharse y ponerse morado. Ambos entramos en pánico, yo porque no entendía a qué había venido aquello y por mi mente lo primero que me pasó fueron mis padres. «¿¿Qué les iba a contar cuando me vieran entrar en casa con esa cara??».

Acto seguido al tortazo y viendo como mi ojo tenía vida propia, él también se asustó, me montó en el coche de su padre y me llevó a urgencias.

Obviamente, durante todo aquel año mi relación con mis padres había empeorado mucho; ellos no aceptaban que yo saliera con aquella escoria, pero yo me negaba a dejarle. Aun sabiendo que tenían razón.

Mis padres no le querían ver ni en pintura. A fecha de hoy, que soy madre, entiendo el sufrimiento que ellos pasaron por mi culpa.

Volviendo a aquella tarde, por descontado en el hospital me preguntaron una y mil veces si me había pegado mi novio, a lo que yo respondí siempre que no. ¡Gran error de adolescente! Jamás, y repito, jamás hay que permitir que nadie te golpee y menos aún ocultarlo.

Cuando llegué a casa mis padres alucinaron; mi padre quería ir a buscarlo y matarlo obviamente, pero yo negaba que hubiera sido él.

Con él había vivido cosas diferentes, otro tipo de relaciones: era como un jefecillo en su mundo, y yo le idolatraba al tiempo que le temía.

Tenía una caja secreta en mi casa, escondida bajo llave, con preservativos, anticonceptivos, papel de fumar, pastillas del día después, una maquinilla de hacer porros y hasta una foto suya desnudo, que mi madre tuvo el placer de ver un día.

Harta de mis mentiras y de mi actitud, rompió aquel candado y descubrió mi alijo de basura.

Durante todo aquel tiempo, yo había ido dejando el tratamiento antidepresivo porque había superado la ruptura con Axel y me sentía mucho mejor, aunque lo que se venía era aun peor.

Después de aquel último bofetón, la relación terminó.

Y miento si digo que fui yo quien le dejó.

No fue del todo así, empezó a dejar de llamarme, no venía a buscarme y, cuando nos veíamos por ahí los fines de semana, me ignoraba. En el fondo sé que tenía miedo de mis padres. Obviamente no quería más problemas con la justicia y menos por malos tratos. Además, yo me había convertido en un estorbo para él, para el tipo de vida que llevaba. Sinceramente fue lo mejor que me podía haber pasado. Pero en aquellos momentos lo pasé bastante mal. Era muy extraño porque era mala persona, yo sabía que lo era, pero la atracción era tal que me dejó el corazón roto.

Hay veces que nos sentimos atraídos por cosas o personas que sabemos que no nos convienen, que son nocivas y aun así las queremos en nuestra vida.

Simplemente yo no encajaba en sus planes, así que todo acabó agonizando y cada cual hizo su camino.

Con los años me enteré de que estaba en la cárcel por pegarle un tiro a alguien en el trasero, posiblemente por algún asunto de drogas.

Gracias a Dios o al universo por haberlo apartado de

mi camino. Quién sabe dónde hubiera ido a parar yo de seguir a su lado.

De nuevo me encontraba en la misma situación, abandonada por un chico. «¿¿Pero qué me pasaba?? ¿¿Por qué era siempre yo la abandonada??».

En esta ocasión, los padres de Monchi me habían aceptado y abierto sus puertas con gran cariño. Obviamente, cuando me hice adulta entendí el motivo. Su hijo había conocido a una chica que era completamente lo opuesto a él: educada y responsable. Posiblemente pensaron que yo podía hacerle cambiar y llevarle por el buen camino, y nada más lejos de la realidad.

De nuevo la tristeza me invadía, perdí el apetito y las ganas de socializar con mi gente. Seguramente mis padres pensaron: «¡¡Ya estamos otra vez!!».

En esta ocasión no hubo médicos ni tratamientos ni pastillas, porque no las necesitaba.

Tenía el mal de Cupido, mal de amor; solo tenía que ser fuerte y seguir adelante. Estaba triste, pero no deprimida.

El problema de una depresión es que no sabes exactamente lo que te pasa. Sientes un profundo dolor en tu interior, una pena tan grande que no encuentras nada que te dé motivos para levantarte cada mañana. Únicamente te gustaría estar metido en la cama durmiendo todo el día, porque mientras estás dormido no sientes ese dolor interior. Dejas pasar los días, únicamente esperando que, poco a poco, cuando la medicación haga su efecto, vuelvas s tener ganas de hacer cosas de nuevo.

Siempre he opinado que la depresión es una enfermedad del alma; no hay un problema físico, pero un dolor muy grande en lo más profundo de nuestro ser.

Una ruptura es muy dolorosa, tengas la edad que tengas. La diferencia es, que cuando eres adolescente, crees que la vida se acaba ahí, y así es como me sentía yo por segunda vez.

Con las semanas empecé a tener ganas de hacer cosas. Volvía a sentir deseos de ir a los entrenamientos, de ir al instituto y de ver a mis amigas. Pero mis TOCs y manías seguían siendo fieles compañeras en mi vida.

Por vergüenza, jamás le confesé este problema a ninguno de los psiquiatras que han pasado por mi vida. Y posiblemente debería haberlo hecho, aunque desde mi ignorancia tengo que reconocer que no sé si existen tratamientos para curar los TOCs, supongo que sí.

Tal y como dije antes, empecé de nuevo a salir con mi hermana y nuestras amigas. Ella había seguido saliendo con las chicas durante todo aquel año en que yo viví y experimenté otra vida completamente diferente.

Me aceptaron como buenas amigas y se alegraron por mí.

Lógicamente, jamás conté a nadie la verdad de mis moretones y heridas, y ahí quedaron enterradas en mi oscura mente llena de secretos y vivencias.

Aquel estilo de vida era verdaderamente lo que a mí me gustaba: salíamos por las tardes a los recreativos a tomar algo y por la noche a la discoteca, pero no a la famosa Ruta.

Eran sitios más tranquilos, con gente sana y ganas de divertirse, sin drogas ni peleas, un ambiente sano.

Creo que con anterioridad os hablé de mi afición a la pintura. Durante ese tiempo había dibujado mucho en mi block, eran dibujos hechos a carboncillo. No tenía un talento innato, pero tampoco se me daba mal y me ayudaba mucho a distraerme y dejar volar la imaginación. Sobre todo, me gustaba dibujar retratos. Posiblemente aún conserve alguno por ahí metido en alguna carpeta.

V

Habían pasado unos dos años aproximadamente. Rondaba yo los veintidós cuando decidí sacarme el *carnet* de conducir. Mi padre siempre se había encargado de llevarnos y traernos, al igual que los padres de mis amigas.

Ellos no querían que hiciéramos autostop, así que tener el *carnet* me iba a dar más independencia, libertad y la oportunidad de demostrar a mis padres que podían confiar de nuevo en mí.

Así que, pasados unos meses, era dueña y señora de mi permiso de conducir.

Mi padre siempre ha confiado en mi responsabilidad, a pesar de los disgustos que les había hecho pasar.

Me dejó coger su coche desde el mismo día en que aprobé el examen práctico. Teníamos una pequeña furgoneta blanca que usaba para el trabajo.

Una noche, en un pequeño pub de un pueblo vecino, conocimos a unos chicos que eran de un pueblo pegado al nuestro.

Parecían buena gente, divertidos y sanos como nosotras, eran majetes, pero ninguno me llamó la atención.

Pasamos la noche con ellos riendo y bailando; sinceramente fue muy divertido. Fue como un soplo de aire fresco, después del caos por el que había pasado un par de años antes.

La semana siguiente volvimos a coincidir con ellos en el mismo sitio, pero aquel día venía con ellos un chico nuevo que la semana anterior no les acompañaba. Conducía un coche rojo, era alto, guapo y muy educado. Captó de inmediato mi atención.

Como ya los conocíamos de la semana anterior, nos presentaron a su nuevo integrante que también pertenecía a su grupo de amigos. Se llamaba Jonás y automáticamente pensé que tenía que ser para mí.

¿¿Porque siempre que conocía a un chico tenía que encapricharme con él?? Me daba la sensación de que era ese tipo de personas que no sabe estar sola. O simplemente era la necesidad de una chica joven de demostrar que podía conseguir al chico que quería.

Pasamos la noche bailando, bebiendo, riendo y divirtiéndonos. Realmente lo pasamos genial todas aquellas semanas que siguieron y empezamos a hacer planes todos juntos.

Se acercaba la Navidad y nos invitaron a pasar la nochevieja con ellos, y nosotras aceptamos.

¿Qué tenía aquel chico que tanto me gustaba?

Siendo sincera, físicamente era muy atractivo, con sus casi 1.90 de estatura, su cabello rizado aunque corto, y aquellos ojos marrones que transmitan tanta bondad y serenidad. Eso fue lo primero que me llamó la atención de él.

Conforme iban pasando las semanas y nos íbamos conociendo, me di cuenta de que la vida no había sido muy justa con él. Perdió a su madre cuando tan solo tenía ocho años.

Su padre tenía varios negocios familiares, tiendas de barrio como suele decirse, así que los fines de semana y en vacaciones él ayudaba como un adulto más.

Había tenido su padre varias novias desde la muerte de su madre, y no habían sido exactamente un ejemplo de madre para él.

Una de ellas le preparaba el almuerzo del colegio con sorpresa todos los días.

Un día jamón y una colilla de cigarrillo, otro día atún con algún tornillo; y así era el amor que esta señora (por llamarla de alguna forma) le proporcionó durante años.

En plena adolescencia le detectaron psoriasis, algo que ya padecían sus hermanos mayores. Unas placas de piel gruesa y seca que se descamaban al rascarse cubrían parte de su cuerpo.

Sus dos hermanos eran mayores y tenían novia, incluso creo que el mayor de todos estaba casado ya.

Tenía buena relación con ellos, con el del medio más, quizás porque la diferencia de edad era menor que con su primer hermano.

Sus amigos y él eran inseparables, lo querían y lo trataban como de su propia familia. Incluso las madres de estos, sabiendo de su desgracia y falta de amor, lo trataban como a un hijo más.

A los dieciocho años y en plena Semana Santa, con la maleta preparada para irse de puente con sus colegas, empezó a sentirse mal.

La fiebre subía y subía, y el dolor corporal era insoportable; los vómitos y náuseas le hicieron acudir a urgencias, donde le hicieron todo tipo de pruebas.

Finalmente le diagnosticaron una diabetes que estuvo a punto de costarle la vida si no hubiera acudido al médico, cosa que, por otro lado, era normal en él.

A partir de ese momento, su vida tenía que ser diferente. Nuevos hábitos alimenticios y tres inyecciones de insulina al día le acompañarían de por vida.

Me contó que había tenido otra pareja que terminó dejándole, según me dijo él, porque los padres de ella no querían que su hija saliera con un chico enfermo.

Pero, a pesar de todo aquello que me había ido contando sobre su vida, mi amor por él seguía creciendo.

Yo venía de una relación de maltrato y aquellas atenciones, aquella forma de tratarme tal como si fuera una reina, me sabían a gloria.

¿De verdad era tan afortunada? No podía creérmelo, así que simplemente lo viví y lo disfruté.

Empezamos a salir juntos y, como si nada, sus amigos se convirtieron en mis amigos, y sus hermanos y cuñadas, en los míos.

Fue una relación maravillosa, durante tres años hicimos de todo: viajes, fiestas, reuniones familiares; era todo perfecto, hasta el sexo era perfecto.

Fuimos de acampada, las fiestas navideñas y los cumpleaños eran increíbles, siempre con buen rollo, una gran peña de amigos donde no había discusiones, todo eran risas y buen ambiente.

Algunos de sus amigos también tenían novia y nos hicimos íntimas todas.

Éramos compatibles y felices, así que decidimos poner fecha para casarnos.

Entre tanto, mi hermana había empezado una relación con su mejor amigo y casi hermano, y también eran muy felices.

Jonás y yo éramos aficionados al fútbol, a viajar y salir con los amigos. Forjamos una relación muy bonita que culminó en una boda llena de parientes, amigos, compañeros y conocidos.

Mi padre sería el padrino y mi cuñada Gilda, la mujer de su hermano, sería la madrina.

Ella y yo habíamos hecho muy buenas migas, éramos muy parecidas y nos llevábamos muy bien. Tenían un niño de tres años que era un solete. Se llamaba Fran como su padre y su abuelo. Para Jonás era como un hijo.

Fran se encargó de llevar los anillos el día de nuestra boda.

Compramos un piso en su pueblo, que se encontraba a unos kilómetros del mío. Era viejo pero grande, así que lo derribamos todo y lo reformamos completamente. Quedó una casa preciosa y acogedora, de estilo rústico, pero con todas las comodidades.

Algunas paredes con ladrillo de caravista le daban un toque de casa de pueblo. Tenía mil detalles: una gran cocina de madera de roble con una mesa y un banco rinconera para sentarse, una televisión escondida tras un armario. Tenía electrodomésticos panelados con el mismo roble de los armarios, las luces se regulaban en intensidad.

El suelo de toda la vivienda era de azulejos de barro rojo con algunas cenefas. Las cortinas de las ventanas, con pequeños visillos y puntillas típicos de las casas rurales.

Me había regalado Jonás una preciosa mecedora de madera de cerezo que quedaba espectacular en el salón.

Un amigo nuestro que era electricista nos regaló toda la instalación nueva de la vivienda, un gran regalo, tengo que admitir. Ya sólo quedaba pasar por el altar.

Pasamos un año aproximadamente reformando el piso y nos divertimos muchísimo haciéndolo.

Tuvimos una hermosa ceremonia, llena de sorpresas, risas y alegría. Una gran alfombra roja nos esperaba a la entrada del salón. La recepción y los entrantes fueron a las orillas de la enorme piscina completamente decorada para la ocasión. Y, lo más importante, nuestras familias y amigos estuvieron allí. Fue un día inolvidable.

El mismo día de mi boda, mi cuñado le pidió la mano a mi hermana.

Nuestro viaje de luna de miel fue a Italia; simplemente maravilloso.

Yo quería viajar a Escocia y Jonás, a Egipto, así que decidimos ir a otro lugar completamente diferente y así todos contentos.

La verdad es que me alegro de haber hecho aquel viaje porque fue el más bonito que he hecho en toda mi vida… Y lo digo a fecha de hoy, veinte años después.

Siempre he querido volver, pero es tan bonito el recuerdo que tengo que no quiero estropearlo, así que no creo que vuelva a Italia nunca más, solo por conservar aquel recuerdo intacto en mi memoria.

Tras la boda, nuestras vidas siguieron igual de idílicas, nada cambió, excepto que ahora vivíamos juntos y habíamos emprendido un viaje maravilloso para siempre.

Habían pasado ya cuatro años desde que había dejado los antidepresivos y era muy feliz, aunque mis manías y obsesiones seguían siendo mis fieles compañeras.

Repetir sílabas, escupir, incluso andar por las aceras saltando ladrillos. Todo ello seguía haciéndolo y además lo ocultaba mucho mejor con el paso del tiempo. Eso es lo bueno o malo, según se vea, que con los años uno se hace experto y aprende a vivir con sus manías, consiguiendo que pasen inadvertidas para el resto.

Aunque en el fondo sabes que esas cosas no son normales, que tienes algún problema y, aun así, prefieres ignorarlo.

Pasados varios años, decidimos ampliar nuestra familia y tener un hijo, así que nos pusimos manos a la obra.

No se hizo esperar mucho. A finales de junio supimos que íbamos a ser padres. La noticia cayó como una bendición en ambas familias.

El primer nieto para mis padres, muy ilusionados. Y aunque en su familia ya había dos nietos (uno de cada uno de sus hermanos), también fue una gran alegría para todos.

Fue ese verano cuando las cosas empezaron a cambiar.

Mis padres tenían una caravana cerca de la playa, en un *camping* de una pequeña urbanización privada con piscina. Así que, cuando Jonás trabajaba, yo cogía el coche y me iba a pasar el día o los fines de semana con ellos.

Tenía todo lo que una mujer puede desear, mi trabajo, mi casa, dinero para viajar y un esposo maravilloso, pero siempre sentí que algo me faltaba, nunca supe el qué, pero tampoco me importaba.

Por fin amaba a alguien y era correspondida fielmente.

Tengo que confesar que no soy una persona especialmente cariñosa; es decir, no soy del tipo de chica que se pasa el día colgada del cuello de su marido o novio besándole, ni tengo la costumbre de elogiar a los demás. Soy muy observadora, me fijo en cada detalle y de hecho soy muy detallista. Me gusta hacer regalos y más aún cuando son cosas especiales, es decir, como cuando recorrí cielo y tierra para encontrar aquella famosa canción en mi primera relación, y llegar a conseguir el disco para poder regalarlo.

En una ocasión, Jonás posó desnudo para mí y le hice un dibujo a carboncillo para regalárselo.

Me gusta buscar la forma más original de sorprender a alguien cuando realmente me importa.

Pero no soy besucona, como suele decirse, o de mostrar mis sentimientos en público.

Siempre he pensado que vale más una acción que mil palabras de amor, por eso siempre intento ser diferente en todo lo que al amor se refiere.

Aunque puede ser que haya personas que necesiten más esas muestras de amor, como los abrazos o los besos, yo no soy así.

Pasamos el verano entre idas y venidas, ambos trabajábamos y aunque teníamos vacaciones tampoco nos coincidían.

Así que, pasamos julio y agosto yendo de la playa a su campo, y de su campo al *camping* de la urbanización de mis padres.

Tampoco nos importaba mucho, salíamos los fines de semana que coincidíamos con los amigos como siempre, y estábamos ilusionados con mi embarazo.

Los días que yo tenía libres los pasaba en la caravana de mis padres, y si Jonás tenía trabajo se quedaba en casa.

Era un tío muy apañado para cocinarse y demás.

Entre unas cosas y otras el verano pasó, las vacaciones habían terminado para todos.

Ahora ya pensábamos en las siguientes fiestas.

Se acercaban las Navidades y mi vida estaba llena de cosas por hacer.

Preparando el nacimiento de mi primer hijo, preparando los regalos de Reyes y decorando la habitación infantil.

Éramos muy felices juntos, pero yo seguía sintiendo un pequeño vacío escondido dentro de mí y no lograba entender qué era lo que me faltaba.

De vuelta a la rutina, me percaté de que algo había cambiado en mi marido durante ese verano.

Salía de casa al trabajo antes de que yo despertara y volvía bien entrada la tarde-noche.

Teníamos un perro que nos habíamos autorregalado, le llamamos Kojack, era un bulldog francés blanco con alguna mancha negra y era precioso. Por aquellos tiempos no era una raza muy vista y llamaba la atención por allá donde pasábamos.

Jonás empezó a salir a pasearlo a horas extrañas, y durante largos períodos. Se encerraba en el baño muchas veces y yo no entendía que pasaba.

Sabía que algo no iba bien, pero las pocas horas que pasábamos juntos él ya no era la misma persona.

Nos habíamos comprado un ordenador y una *webcam* para poder hacer cosas por internet: hacer sus facturas, tener correo electrónico, yo podía hacer mi currículum y enviarlo a empresas para buscar un trabajo mejor, después de mi embarazo. En fin, todo el mundo tenía uno y nosotros que económicamente vivíamos muy bien también lo compramos.

Navegando por la red, descubrí los chats de Messenger donde conocías gente nueva, podías hacer amigos, había quien encontraba pareja en estos chats. Y poco a poco me fui aficionando a pasar horas delante del ordenador.

Mi marido apenas estaba en casa y lo poco que estaba no teníamos la misma relación que antes.

Vimos un día una película que nos gustó mucho, nos llamó la atención que los personajes habían encontrado una frase muy peculiar para decirse «Te quiero» sin que nadie lo supiera. La oración era: «Tequila bebe el madero», en la que cogiendo las primeras sílabas y las últimas letras, aparecía la frase: «Te quiero».

Nos hizo gracia y decidimos hacerla nuestra. Así que, con el tiempo, para decirnos nuestros sentimientos únicamente decíamos «Tequila» y así nos sobraba para entendernos.

También había una palabra que solía decirme Jonás siempre que hablamos sobre nuestro amor y era «*Forever*».

Cuando yo le decía «Tekila», él respondía *Forever* y viceversa.

En una ocasión me regaló dos rosas de porcelana roja con el tallo hecho de plata, dentro de una preciosa caja antigua anudada con una cinta de seda rosa.

La verdad era muy romántico todo y él era muy detallista. En cada cumpleaños o San Valentín recibía en mi trabajo un ramo de flores. Era maravilloso.

Pero esas palabras especiales que teníamos entre nosotros poco a poco se escuchaban cada vez menos.

Ya no había apenas «Tekila» o «*Forever*».

¿Qué nos estaba pasando?

Ya no pasábamos tiempo juntos, yo pasaba horas conociendo gente en los *chats* de internet y él venía a casa a horas extrañas, iba y volvía.

Se acostaba muy tarde porque no podía dormir y salía a pasear al perro, tomaba un somnífero a las tantas de la madrugada. Cuando por fin conseguía dormirse, ya era la hora de ir al trabajo. Pero los somníferos no le dejaban levantarse, así que se dormía y siempre llegaba tarde, y al día siguiente la misma historia.

Se había convertido en algo que se repetía día tras día.

Era conductor de autobús y, evidentemente, una persona con un problema de insomnio y tomando pastillas para dormir no estaba capacitada para ejercer ese trabajo.

Un día, estando yo con unos amigos en mitad de una conversación sobre el tema de salir o no de fiesta, comenté que evidentemente yo en mi estado de embarazo no tenía ganas de guateques, y que el tema de internet se había convertido en una forma de llenar mis ratos.

Y pues aquella conversación subió un poco de tono y empezamos a decir cosas fuera de lugar hasta que la novia de nuestro amigo me dijo:

—Más valdría que te preocupes de lo que hace o no tu marido, porque vaya problemón que tiene, que está enganchadísimo.

Aquello me dejó sin palabras, estupefacta.

¿Qué había querido decir? ¿Qué estaba insinuando? ¿Enganchadísimo mi marido a qué?

En ese momento ni le pregunté a qué se refería, di media vuelta y me volví a casa llorando. Evidentemente, cogí mi móvil y llamé a Jonás para contarle lo ocurrido entre sollozos y lágrimas.

Muy alterado, Jonás me colgó el teléfono y vino a casa de inmediato.

En cuanto entró por la puerta comencé mi interrogatorio:

—¿Qué me ocultas?, ¿qué está pasando? Hace tiempo que no eres el mismo y lo de hoy me ha confirmado que algo pasa.

Jonás llamó a nuestra amiga para recriminarle lo que había hecho. Ella le pedía que me pasara el teléfono a mí porque quería disculparse, pero él se negaba. Discutieron durante unos minutos mientras yo le observaba llorando, y finalmente colgó.

Me quedé mirándole fijamente y en silencio, mis ojos lo observaban expectantes, a la espera de una explicación que no se hizo esperar.

—Tengo un problema con la coca —soltó.

Me quedé sin respiración, sin palabras, sin color.

—¿Qué? Pero ¿qué me estás contando? ¿Qué quieres decir con «un problema»?

—Hace tiempo que la consumo a escondidas, pero tranquila, yo lo puedo controlar. Desde hoy mismo lo dejo. No te preocupes, te lo prometo.

Ahora empezaba a entender algunas cosas que habían estado ocurriendo. Las salidas por la noche a pasear al perro para poder colocarse. Obviamente, luego no podía dormir, por eso tomaba aquellos somníferos que le había recetado el médico como algo puntual y pasajero, sin saber cuál era el verdadero motivo de su insomnio.

Los días que siguieron a aquella confesión fueron extraños. Yo me dediqué a empezar a atar cabos.

—¡Por eso no venía a comer a casa!

Y de repente me vino a la cabeza una idea. Tenía que saber exactamente qué era lo que estaba pasando. Necesitaba comprobarlo con mis propios ojos.

Así que, al día siguiente cuando se fue al trabajo le seguí.

No tenía otra cosa que hacer, estaba embarazada y en esos momentos me dedicaba a las tareas domésticas y a navegar por internet.

Pensado y hecho, cuando se fue de casa por la mañana, tarde lógicamente, como en los últimos meses, me vestí, cogí el coche y me fui hasta su trabajo.

Él entró a fichar e inmediatamente después salió y se montó en su autobús.

Pero no fue a hacer su ruta de costumbre, cogió otro camino hacia la zona más conflictiva de la ciudad.

«¿Dónde iba? ¿Que iba a hacer allí?».

Paró el bus en mitad de un descampado abandonado y se bajó. En ese momento, un coche viejo y destartalado apareció en escena y, acercándose a Jonás, aparcó justo al lado.

Del coche se bajaron dos tipos con pinta de matones baratos. De lejos pude apreciar que eran de raza gitana.

Se acercaron a Jonás y empezaron a hablar con él. Aquella conversación fue subiendo de tono y empezaron a gesticular y a alzar la voz.

En ese momento me asusté un poco, pero nada podía hacer yo en mi estado.

Así que me limité a observar.

Pasados unos minutos, uno de los gitanos alzó el dedo y se lo puso a Jonás en la cara y le dijo algo en tono amenazante. Y tal cual llegaron, subieron en su coche y se fueron.

Inmediatamente Jonás subió en su bus y salió de aquel *parking* dirigiéndose al centro.

Yo di media vuelta con el coche y me fui a casa. No sabía qué era lo que había presenciado, pero no era nada bueno y seguro que estaba relacionado con el tema de la droga.

Cuando regresó del trabajo todo seguía igual, tomó una ducha, cenamos y cogió el perro y se fue. No hablamos del tema, y yo había decidido darle espacio y la oportunidad de demostrar que realmente iba a cambiar, pero los días pasaban y todo seguía igual.

Un día después de salir hacia el trabajo, tarde como siempre, empecé a rebuscar por todo el piso.

Si realmente tenía problemas con las drogas, en casa tenía que haber alguna prueba.

Revolví cajones y armarios, rebusqué en los bolsillos de sus chaquetas, en la despensa de la cocina, incluso en el baño, pero no encontré nada.

Yo sabía que él era experto en esconder sus cosas; ya lo había hecho antes con los dulces y pasteles que comía a escondidas, sabiendo que los tenía prohibidos por su diabetes.

La verdad es que, en todo el tiempo que estuvimos intentando arreglar su problema, jamás encontré ni rastro de drogas en nuestra casa.

La situación había llegado a un punto en el que él ya no se escondía de mí para hacerse sus rayas.

Salía a la pequeña terraza que teníamos en el salón, decorada muy rústica con una mesa y unas sillas, y allí mismo extendía su mercancía y se la esnifaba.

Yo le miraba a través de la ventana, pero a él no le importaba.

De repente un día me vino a la cabeza el dinero: ¿¿de dónde sacaba el dinero para tal adicción??

Teníamos dos cuentas bancarias: una era suya y ahí estaban todos los gastos fijos mensuales domiciliados (porque su salario era tres veces el mío), y otra cuenta a mi nombre de donde salían los caprichos, compras personales de ropa y demás, y las vacaciones o viajecitos que hacíamos.

Obviamente la cuenta de los gastos (la suya) apenas la controlaba yo porque siempre había dinero de sobra para todo, incluso sobraba y lo íbamos ahorrando. Pero un día decidí coger dicha libreta e ir al banco a actualizarla.

¡Cuál fue mi sorpresa cuando vi que no había nada!

Apenas los euros necesarios para los gastos mensuales.

¿Dónde estaba todo el dinero ahorrado?

No necesitaba preguntármelo, lo sabía: él lo había despilfarrado y malgastado en drogas.

Y en ese momento dije: «¡¡Basta!!».

Cuando llegó a casa aquel día, yo le estaba esperando con el discurso preparado.

—Jonás, este problema no lo puedes arreglar tú solo, ni con mi ayuda.

—Ya lo sé —respondió él—. Pensé que podía controlarme, pero no puedo.

—Vamos a ser padres y esto se tiene que solucionar antes de que nazca nuestro hijo —le dije.

Fue en ese momento cuando empecé a buscar ayuda.

Acudimos al centro de adicciones de nuestra ciudad, la UCA; allí fue donde empezaron con los tramites del papeleo y en pocos días ya estaba acudiendo a las reuniones y siendo visitado por un médico.

Fue bastante rápido y yo veía un atisbo de esperanza de que aquello poco a poco se iba a solucionar.

No sabía el motivo que le había llevado a meterse en aquel bucle, pero ahora lo único que me importaba era que consiguiera salir de él.

En esos momentos solo pensaba si posiblemente la culpa fuera mía. Quizás no le había sabido dar cariño, o por lo menos demostrarlo de la manera en que él necesitaba. Siempre buscaba cuál podía haber sido mi error, pero quizás aquello no era por culpa mía.

Pasaron las primeras semanas y en un principio todo pareció mejorar: empezó a llegar puntual al trabajo, no salía a horas intempestivas a pasear al perro y por las noches dormía más o menos bien.

Pero nuestra relación de pareja ya había cambiado, ya no éramos los de antes.

A decir verdad, viéndolo ahora con los años, creo que nuestra relación ya no era la misma desde antes de averiguar su problema.

Pero seguíamos juntos.

Poco tiempo transcurrió hasta que de nuevo observé que el dinero del banco seguía desapareciendo.

Hablé de nuevo con él y me confesó que seguía consumiendo, a pesar de sus visitas al centro y sus consultas con el médico. ¿Cómo lo hacía?

Ya no lo hacía en casa, tampoco salía por la noche a escondidas...

Obviamente había conseguido lo mismo que yo con mis TOCs y manías, se había hecho un experto en ocultar.

Como dije antes, cuando tienes problemas, terminas siendo un maestro y haces las cosas igualmente, pero nadie se percata de ello.

Estaba claro que aquello no estaba funcionando, así que busqué más ayuda.

Me informé e indagué, y encontré una psicóloga especialista en este tipo de problemas y concerté una cita con ella.

Le hablé a Jonás del tema y accedió a ir de buena gana. Era evidente que él más que nadie necesitaba ayuda y lo sabía, y estaba dispuesto a todo para curarse.

Obviamente, entre todo aquel caos, los meses habían ido pasando y mi estado de embarazo ya era muy avanzado; apenas me quedaba un mes para dar a luz.

Cuando fuimos la primera vez a la consulta de Primitiva, que así es como se llamaba la doctora, nos trató muy bien. Esta vez yo iba a estar presente en las sesiones y los tres juntos íbamos a hablar del problema y de cómo afrontarlo.

Lo primero que hizo fue interrogar a Jonás...

—¿Desde cuándo consumes?

—¿Qué te ha llevado a esto?

—¿Cuánta cantidad consumes?

Y más…

Me quedé estupefacta cuando Jonás confesó la cantidad de cocaína que consumía al día, y la doctora también.

—¿Sabes que esa cantidad equivale a una raya cada tres o cuatro horas? —le preguntó.

—Sí —respondió él, avergonzado.

Yo no podía salir de mi asombro.

—Obviamente, con esas cantidades es imposible que duermas por las noches, ¿es así? —preguntó ella.

—Sí, es cierto, aunque en el centro de adicciones el doctor me receta unas pastillas para dormir por las noches.

Entonces ella me miró a mí fijamente, se quedó mirando mi enorme barriga y me preguntó:

—¿Tú crees que en tu estado podrás aguantar todo lo que se os viene? Si Jonás empieza a hacer las cosas bien, va a tener síndrome de abstinencia. Las personas cuando están en ese estado son muy diferentes, pueden incluso ser agresivas verbal y físicamente. ¿Crees que estas preparada para todo eso?

Yo, un poco asustada por sus palabras, pero muy segura de mí misma como había sido siempre, le respondí:

—Sí, lo estoy.

—Ok —dijo ella—. Pues empecemos.

Nos encomendó unas tareas a ambos, pautas que debíamos seguir y cómo afrontar los peores momentos que nos venían. Y empezamos.

VI

Lo primero de todo era pagar las deudas que Jonás había contraído, y así lo hicimos.

Yo y mi enorme panza acompañamos a Jonás al mismo lugar donde le había seguido aquella vez hacía ya algunos meses. Volvieron a aparecer los mismos tipos en su destartalado coche viejo.

Jonás se bajó del auto y se acercó caminando hasta donde se encontraban ellos, que ni quiera bajaron del coche.

Los miró a través de la ventanilla de cristal que fue bajando al ritmo de la manivela. Extendió la mano con un fajo de billetes que ellos de buena gana cogieron y sin mediar ni una sola palabra, pisaron el acelerador y se marcharon.

A partir de aquí empezaron los peores días, yo acompañaba a Jonás en su jornada laboral, si tenía que ir al baño iba con él, si entraba en un bar a comprar una Coca-Cola allí iba yo, y así durante todo el día hasta que regresábamos a casa.

Entonces yo cerraba la puerta con llave por dentro y las escondía para que él no pudiera salir en mitad de la noche.

Al principio fue duro, pero fuimos fuertes.

Algunas veces Jonás me suplicaba que le dejará salir en mitad de la noche.

—Dame las llaves, cariño, por favor. ¡Necesito salir!

—¡Sabes que no puedo, Jonás!

—¡Por favor, te lo pido! Es solo esta noche. Lo necesito.

Pero yo sabía mantener el tipo y decir siempre que no.

Obviamente, toda aquella situación hizo mella en mí y aunque intenté aguantar el peso, poco a poco me iba quedando sin fuerzas y sin ilusión, hasta que finalmente tuve de acudir de nuevo a mi psiquiatra.

Hice algo que no se debe hacer cuando necesitas la ayuda de un especialista y es mentir.

No tuve el valor de contarle el motivo de mi desesperación; tampoco quería que nadie supiera el problema con el que estábamos luchando.

Le conté que estaba abrumada por mi estado, que tenía miedo de no saber afrontar la maternidad. Algo que no era cierto, sabía que sería una buena madre y no tenía miedo de la nueva etapa de mi vida que se avecinaba.

Finalmente, el doctor decidió administrarme un tratamiento antidepresivo suave a pesar de mi estado de embarazo, y teniendo en cuenta que el bebé ya estaba completamente formado y en breve iba a nacer.

El único inconveniente era que no podría amamantarle por la medicación, pero sinceramente tampoco era algo que me importara mucho en aquellos momentos. Solo necesitaba mantenerme fuerte hasta que solucionáramos aquel problemón.

Poco a poco la situación fue mejorando y estos episodios de síndrome de abstinencia que tenía Jonás fueron desapareciendo.

Dedicamos los ratos juntos a decorar la habitación del bebé. Era preciosa: una pared pintada con dados de colores, una cuna de madera de roble, la minicuna, una cama llena de peluches y una cómoda con toda la ropita que habíamos ido comprando. En una gran cesta de mimbre estaban todos los productos de aseo: jabones, cremitas, colonias, talco y pañales.

Un día de madrugada mi hijo dijo: «¡¡Allá voy!! Y me puse de parto.

En la madrugada de un martes entré en labor. Tenía contracciones, pero no dilataba lo suficiente, así que en la tarde del miércoles a las 20:30 hrs., tras un chute de oxitocina, nacía la cosa más hermosa de mi vida, mejor dicho, de nuestras vidas.

Las dos noches que pasé en el hospital también se quedó mi madre con nosotros. Como únicamente había una cama supletoria, Jonás optó por dormir en el suelo sobre una manta y ceder la cama a mi madre.

Aquellos días tuvimos visitas de familiares y amigos que nos querían felicitar y conocer a nuestro hijo. Fue bastante abrumador y, una mañana, debido al entra y sale de gente tuve una crisis de ansiedad.

En ese momento el médico dijo:

—Se acabaron las visitas, necesitas descansar y con el tratamiento que llevas debes estar relajada.

Sabía que al ser primeriza iba a necesitar toda la ayuda posible.

Así que, las primeras semanas estuvimos viviendo con mis padres, y así mi madre me ayudaba con todo lo referente a biberones, cambios de pañales y demás.

Aun así, era agotador: el bebé apenas dormía y tenía hambre a todas horas.

Al despertar por la mañana, la habitación estaba llena de biberones vacíos y pañales sucios, un poco caótico.

Cuando hubo terminado el periodo de baja por paternidad de Jonás, él volvió al trabajo y de nuevo estábamos en nuestra casa. Yo me dediqué a mi hijo, y todo el trabajo que conllevaba.

Parecía que todo había vuelto a la normalidad, pero esto era la calma que precedía a la tempestad.

En pocas semanas la actitud de mi marido volvió a cambiar: no venía a casa comer, llegaba tarde del trabajo y todo era como un *déjà vu*.

Cierto día estábamos celebrando un cumpleaños en casa de una tía mía junto con toda la familia.

Estábamos reunidos todos en el gran salón, entre risas, comiendo y bebiendo.

De repente me percaté de que Jonás no estaba.

Le busqué por todo el salón, pero no estaba allí, así que decidí bajar a planta inferior donde se encontraba el baño, por si acaso hubiera tenido alguna bajada de azúcar o se encontraba mal.

Bajé las escaleras y recorrí el largo pasillo hasta el fondo donde se encontraba el aseo.

A través del cristal vi su silueta dentro, así que sin previo aviso abrí la puerta y entré.

Mi sorpresa fue enorme cuando descubrí una fina línea blanca encima del mármol del lavabo. «¿Era una raya de cocaína?», pensé. «¡¡No!! ¡¡Otra vez no!! Por favor, Dios. ¿¿Por qué??

Me miró fijamente y sin mediar palabra la esnifó.

Cruzamos algunas frases en un tono elevado, pero de nada servía aquello allí, en aquel momento. Así que lo dejamos y subimos de nuevo.

Cuando la fiesta hubo terminado volvimos a casa.

En cuanto cruzamos la puerta le pedí explicaciones. Obviamente no había respuesta, aquello no era una discusión, era un monólogo.

Yo hablaba y él escuchaba y, en vista de que no había nada que hacer, decidí irme a la cama.

A mitad de noche el bebé se puso a llorar, me levanté para ver si tenía hambre o había que cambiarle el pañal. Al parecer el alboroto de la fiesta anterior le había alterado un poco y no podía dormir, así que no dejaba de llorar.

Jonás se levantó muy alterado recriminándome si no podía hacerle callar. Muy nervioso, se paseaba por la casa arriba y abajo sin dejar de soltar palabrotas y voces.

Era la primera vez que le veía así; no es que estuviera agresivo, pero no era algo normal en él y me asusté. Cogí el móvil y llamé a mis padres en plena madrugada para que vinieran a por mí.

Y sin hacer preguntas mi padre accedió.

Envolví a mi hijo en el manto, cogí el bolso del bebé y el mío y me bajé a la calle, donde me senté en el portal a esperar a que llegara mi padre.

Cuando llegó no me pidió explicaciones, simplemente me llevó con él a su casa y pasamos la noche.

Al día siguiente mi marido vino a buscarnos. Jonás se disculpó por lo ocurrido y volvimos a casa.

Mis padres pensaron que había sido una discusión de pareja y no hicieron preguntas.

Pero mi cabeza volvió a sus andadas. «¿¿Qué más podía hacer por él?? ¡¡Había vuelto a consumir!! ¿¿Cómo podía alejarle de aquel mundo??

Y entonces lo vi.

Teníamos que vender el piso y trasladarnos a mi pueblo. De este modo se alejaría de toda aquella gentuza que le vendía la droga. Se lo planteé a él y asintió, no se negó en ningún momento y así lo hicimos.

Quizás él también pensó que aquella solución podría funcionar.

En un par de meses teníamos comprador para nuestro piso, nuestro precioso hogar decorado con tanto amor, y habíamos encontrado una vivienda en mi pueblo.

No era tan bonita como nuestro piso rústico, pero era grande, nueva y, lo más importante, cerca de mi familia y lejos de la gentuza.

Era un nuevo comienzo. Esperaba que esta vez, con este último paso que habíamos dado, el problema desapareciera.

VII

Yo, que había empezado a dejar los antidepresivos, volví de nuevo al principio: las preocupaciones, las preguntas se agolpaban en mi cabeza.

—¿Sería esa la solución definitiva?

Empecé de nuevo a trabajar en un sitio nuevo. Mi hijo tenía ya seis meses y mi marido seguía en su trabajo, ya que a pesar de todo lo que había pasado jamás le despidieron.

Esto era una nueva etapa y el último cartucho que me quedaba para salvar mi matrimonio.

Pero no fue así, las cosas siguieron siendo igual, y es que cuando quieres algo lo consigues por cualquier medio y estés donde estés.

Era como yo y mis trastornos compulsivos, sabía que no eran normales, pero no podía dejarlos y había encontrado la forma de vivir mi vida con ellos a cuestas.

Pues Jonás igual: no podía dejar la droga, aunque sabía que era un gran problema y sabía ocultarlo bien.

Pasaron unos cinco o seis meses, mi hijo ya había empezado a andar y se había convertido en un terremoto. Era un niño precioso, tenía el cabello castaño claro y unos enormes ojos marrones que ocupaban la mitad de su rostro.

Todo parecía maravilloso, pero la realidad era muy diferente.

Un día pensando en todo el problema de la droga, en todo lo que había luchado y en todos los cambios que habíamos hecho para solucionarlo, me vino a la cabeza una idea que me provocó un escalofrío: «Y si algún día mi hijo, que ya caminaba, que ya abría y cerraba cajones y armarios... ¿y si encontraba una bolsita de polvo blanco?». «¿Y si se lo ponía en la boca?».

Yo jamás había conseguido saber dónde escondía mi marido sus drogas, pero ¿quién sabe si un niño de año medio podía encontrar lo que yo no había sido capaz?

La vida de mi pequeño estaba en peligro y tenía que hacer algo.

Así que decidí que mi matrimonio tenía que acabar en ese mismo momento.

No podía seguir con aquella lucha yo sola, no podía vivir con aquel miedo ni aquella incertidumbre. Por mi hijo y por mí.

Ya no me quedaban ganas ni fuerza para seguir aquella batalla. Me rendía.

Se lo dije a mi marido y, aunque no lo aceptó y lloró mucho por mi decisión, en el fondo lo entendía perfectamente.

Sabía que estaba perdiendo a su familia por no haber sido capaz durante más de dos años de dejar la droga, pero no tenía las fuerzas para seguir luchando e intentándolo, y aceptó mi decisión, muy apenado.

Citamos a su padre y a los míos en nuestra casa para hablar con ellos.

Sentados en el sofá nos preguntaron preocupados:

—¿Ocurre algo? ¿Pasa algo malo?

Yo miré a mi esposo y luego, mirando a mis padres, les dije:

—Vamos a separarnos.

Mi padre abrió los ojos como platos, tragó saliva y dijo:

—¿Por qué? ¿Qué ha pasado?

—Cualquier problema que haya se puede solucionar, ¡no tenéis que hacer esto a la mínima discusión o desacuerdo que tengáis!

Antiguamente, los matrimonios eran para siempre. Las mujeres, al igual los hombres, aguantaban lo indecible y permanecían juntos por el resto de sus vidas.

Pero la sociedad había cambiado y ahora ya no era como antes.

Yo miré a Jonás y le dije:

—¿Se los vas a decir tú o tengo que hacerlo yo?

Él agacho la cabeza y le dijo a mi padre:

—Tengo un problema con las drogas.

Todos se quedaron callados. Mi suegro se puso la mano en la frente y dijo:

—¿¿Otra vez, Jonás??

Me quedé mirando a mi suegro y pensé: «¿¿Cómo que otra vez??». «¿¿Es que esto ya había pasado antes??». «¿¿Tenía mi marido algún secreto que no me había contado nunca??».

Después de estar explicando y hablando sobre el tema y sobre cuánto tiempo llevábamos luchando, las cosas quedaron claras y la decisión estaba tomada.

Busqué un abogado que nos preparó la documentación, los acuerdos a los que habíamos llegado, etc.

Así que, unas semanas después él recogió sus cosas y se fue a vivir con su padre.

Era una solución de momento, mientras buscaba una vivienda.

No tardó mucho en encontrar un piso de alquiler bastante viejo, pero con un precio asequible. Y de esa forma tenía su propia intimidad, así que se mudó.

Empezaba de nuevo otra etapa en nuestras vidas.

Mi hijo era muy pequeño y no se daba cuenta de nada de lo que había ocurrido.

Los fines de semana que tenía que estar con su padre lo hacía, y fiestas y vacaciones igual.

Un día que tenía que venir a recoger a niño, no aparecía, así que le llamé. Le llamé muchas veces, pero no cogía el teléfono. Y después de muchas horas sin noticias, cogí el coche, coloqué a mi hijo en la sillita de atrás, y me dirigí a su casa en el pueblo de al lado.

Aparqué casi frente a su portal y llamé al timbre, pero nada.

Así que decidí esperar por si había ocurrido algo y volvía a casa, y poder hablar con él.

Era la una de la madrugada, y estaba preocupada.

Mi pequeño se había dormido en la parte trasera en su sillita y las calles estaban en silencio y vacías.

De repente llegó un coche con la música puesta, paró a unos quince metros por delante de mí, en segunda fila, y alguien bajó del lado del conductor.

Reconocí de inmediato a uno de sus amigos. Abrió el maletero y sacó una silla plegable de playa y la apoyó en la pared. Acto seguido abrió la puerta de atrás y ayudó a alguien a bajarse del coche, era Jonás.

En cuanto le soltó del brazo se tambaleó como un tentetieso, estaba borracho.

O iba bebido o drogado.

El amigo subió de nuevo en su coche y se fue.

Allí lo dejaron, en mitad de la acera con su silla playera, rebuscando en sus bolsillos, supongo yo, las llaves para entrar en casa.

Cogí a mi hijo en brazos y bajé del coche; me acerqué por detrás y le llamé con voz suave.

Se dio la vuelta y, tambaleándose, me miró y me dijo con voz ronca:

—¿Qué haces aquí?

—Te llamé muchas veces y no cogías el teléfono, estaba preocupada. ¿De dónde vienes? ¿Te das cuenta cómo vas? ¿Bebido o drogado?

No respondía nada.

—¿Esos que te han dejado aquí son lo que tú llamas amigos?

—Vete a casa y déjame en paz —respondió por fin.

—¿Eres consciente de que eres padre y que no puedes seguir por este camino?

—Elena, por favor, vete a casa y déjame, ya hablaremos.

Con mucha tristeza e impotencia puse a mi hijo en su sillita de nuevo, me monté en el coche y me fui.

Decidí en ese momento que no podía ocuparse de nuestro hijo él solo.

Cuando fuimos al abogado para preparar el convenio regulador le dije que mi única condición era que no podría llevarse a nuestro hijo los fines de semana hasta que un médico certificara que estaba recuperado de sus adicciones.

Él aceptó sin poner impedimentos, podía venir a ver a nuestro hijo y pasar ratos con él siempre que quisiera, pero no podía llevárselo.

Y así se hizo. En unas semanas el abogado me envió la documentación que ambos teníamos que firmar, era el divorcio.

Leí los papeles, los firmé y se los pasé a Jonás.

Se acercaba el verano y antes de agosto tenían que estar firmados, ya que durante ese mes todo el mundo estaba de vacaciones y los juzgados no funcionaban en ese aspecto.

Pero pasaron las semanas y Jonás no me devolvía los papeles firmados. Yo le llamaba, se los pedía cuando venía a ver al peque, pero siempre había excusas.

Como era de esperar, llegó agosto y no me los había devuelto.

Pasado el verano, vino un día a ver al niño y le recordé de nuevo que tenía que firmar la documentación. Se enfadó muchísimo, salió al coche y volvió con los documentos y un bolígrafo.

—¿Que quieres los papeles? ¡Toma los papeles!

Los firmó y me los tiró al suelo.

Estaban sucios y arrugados de llevar meses dando vueltas por el coche.

Los recogí y me subí a casa.

Se los hice llegar al abogado, que los presentó en el juzgado y fin de la historia.

Ya habíamos terminado, ¿o no?

Los meses fueron pasando y venía de vez en cuando a ver a nuestro hijo, y cumplía con su manutención.

Hasta que un día me llamó un amigo suyo.

Yo había ido a pasar el día al complejo con mis padres; era un domingo de finales de verano casi otoño.

—Jonás ha tenido un accidente con la moto —me dijo muy serio.

Me asusté, noté como un calor invadió mi cabeza.

—Pero ¿está bien? ¿Cómo ha sido?

—Te llamo porque él me lo ha pedido, no por mí.

Desde que nos habíamos divorciado sus amigos me detestaban, tanto ellos como sus mujeres.

Pero nadie sabía lo que yo había luchado y sufrido por sacar aquel matrimonio adelante, o por lo menos eso creía yo.

Luego supe que habían llegado incluso a prestarle dinero en ciertas ocasiones.

Ellos solo veían que yo le había dejado en su peor momento.

Ellos... los que le dejaban el dinero para pagar sus deudas de drogas, los que sabían lo que estaba pasando, pero no me lo contaron... Ellos… ¡me culpaban a mí!

Cogí el coche y salí de prisa en dirección al hospital yo sola. Había dejado a mi hijo con mis padres.

En cuanto llegué todos ellos me miraron mal; no me atreví a acercarme a ellos, de modo que pregunté en el mostrador y me dijeron que solo podía pasar una persona y entré.

Cuando le vi allí tumbado, ensangrentado, medio dormido, se me cayó el alma a los pies.

Me acerqué y le pregunté cómo estaba y qué había pasado, pero apenas podía articular palabras. Me preguntó por el niño y poco más.

Los médicos me pidieron que saliera mientras le examinaban y le curaban las heridas.

Al ser verano Jonás iba en bañador y camiseta... por lo que el asfalto se había comido su carne en las nalgas y la pierna. Me salí a la sala de espera; la tensión se notaba en el ambiente. Salimos a la calle a tomar el aire mientras esperábamos.

Intenté averiguar qué había pasado, preguntando a sus amigos, pero poco me decían; no era bien recibida.

La mujer de uno de ellos, Carola, me increpó que por qué no había traído a mi hijo, que su padre quería verle. Asombrada, le respondí:

—¿Tú crees que este es sitio para un niño de un año? ¡Y menos aún tal y como está su padre!

Empezó a increparme que yo no pintaba nada allí, que me fuera.

Me insultó y entonces me abalancé sobre ella sin pensarlo, y con mi cara pegada a la suya empezamos a discutir.

De repente vino su marido y me dio un empujón que me lanzó a tres metros de distancia.

La angustia me invadió y empecé a llorar, me sentía tan sola delante de toda aquella gente.

Me di la vuelta y vi venir a mi padre caminando hacia nosotros. Al verme llorando aceleró el paso y me preguntó asustado:

—¿Qué pasa?

—Que me han amenazado e insultado, incluso él —dije señalando a su amigo Mac— me ha empujado.

Mi padre entró en cólera y se fue directo hacia él.

—¡Qué cojones tienes tú de tocar a mi hija y menos decirle que se vaya, cuando el padre de su hijo está ahí dentro malherido! ¡¡Tú!! ¡¡Que le dabas dinero para pagarse la droga!! Si vuelves a tocar a mi hija te cojo del cuello, malnacido.

Cogí a mi padre y me lo llevé a unos metros para intentar tranquilizarlo, aunque no sé quién estaba peor de los dos.

No entendía por qué me odiaban tanto. Pero tampoco me importaba en ese momento.

Me daba la sensación de que estaba destinada a que mi vida fuera un culebrón.

Desde Axel, pasando por Monchi y ahora esto.

«¿Algún día podría dejar de depender de las pastillas para vivir?». «¿Realmente era tan débil que no sabía manejar las situaciones que acontecían a mi alrededor?».

Me sentía como un imán para los problemas.

Quizás no era tan fuerte como yo pensaba.

Pasadas unas semanas, le dieron el alta a Jonás y las heridas ahora tenían que curarse con tiempo en casa.

Empecé a ir a visitarle varios días a la semana para ayudarle a ducharse y curarle las heridas, que tardaron mucho en cicatrizar a causa de su diabetes.

Posteriormente pude averiguar que, al parecer, aquel fatídico día volvían de una concentración de motos en un pueblo vecino por la carretera.

Su amigo, que iba en coche, y él venían picándose y adelantándose el uno al otro, cuando de repente Jonás perdió el control de la moto y se salió de la carretera. Arrancó tres arboles de naranjos y quedó tirado en el campo, inconsciente. Por supuesto no ayudó el hecho de que iba bebido y Dios sabe qué más.

Obviamente mintieron a la policía sobre cómo había ocurrido el accidente.

Esos son amigos.

VIII

Hoy me siento de nuevo a escribir y hablo en presente, después de un mes sin ganas ni aliento. Es lo que ocurre cuando estás pasando por una depresión: hoy estás mejor, pero mañana o pasado vuelves a sentirte hundido.

¡Y no entiendes por qué!

Si hace dos días estabas bien, o por lo menos al 60%, ¿por qué hoy de nuevo vuelves a ver un camino sin salida? ¿Por qué de nuevo has perdido las ganas de salir a la calle y relacionarte con los amigos?

Es una montaña rusa que parece no terminar nunca.

Quieres empujarte a ti mismo, buscar dentro de tu mente, y entre todo el embrollo de sentimientos revueltos que tienes, un motivo para salir de la cama, para arreglarte y ponerte guapa como hacías antes.

Pero no lo encuentras. Y te pasas de nuevo días o incluso semanas lamentándote de tu situación, preguntándole a Dios y a todos los santos que conoces por qué te está pasando esto a ti. Obviamente no hay una respuesta.

La gente que te rodea únicamente quiere ayudarte, y oyes frases como: «No llores, que todo pasará, arréglate y sal a pasear, no le des vueltas, todo está en tu cabeza. Obviamente, lo hacen por tu bien, pero no son conscientes de lo equivocados que están. No se dan cuenta de que así no te ayudan. Pero no puedes enfadarte o culparles. Solo una persona que ha pasado por una depresión sabe exactamente lo que se siente, y es horroroso.

Han pasado ocho meses desde que volví a entrar en esta espiral que es la ansiedad, la depresión y el pánico.

Al margen de tomar la medicación que me recetó el psiquiatra, yo no me sentía como las veces anteriores.

Siempre había tenido un motivo para sentirme depresiva, un desamor, por ejemplo.

Pero en esta ocasión no sabía qué era lo que me había llevado a sentirme así y, más adelante, llegado el momento, os lo contaré con detenimiento. Ahora debo seguir donde nos quedamos la última vez.

Habían pasado ya semanas desde el accidente de Jonás y sus heridas habían curado casi por completo. Después, pasaron bastantes meses y parecía verse un poco de luz.

A pesar de estar divorciados y de los desencuentros que habíamos tenido durante aquellos meses, el tiempo iba pasando y la relación era buena.

Su familia había conseguido lo que yo no conseguí: sacarle de aquel infierno de beber, drogarse y descuidar por completo su salud.

Su hermano mayor, Fran, y su mujer habían sido quienes más habían luchado por ayudarle.

Yo estaba muy agradecida por todo lo que habían hecho, por apoyarle y estar siempre a su lado, fueran buenos o malos momentos, sin rendirse.

Sabía de primera mano que no era tarea fácil.

A menudo me preguntaba: ¿Podría haber hecho yo más por él?

¿Había tirado la toalla demasiado pronto? ¿Quizás le dejé cuando más me necesitaba?

Preguntas sin respuesta; jamás sabré qué hubiera pasado de seguir con él. Posiblemente hubiéramos llegado al mismo sitio, pero años más tarde.

Cuando parecía que todo estaba mejorando, algo volvió a torcerse. Estaba de nuevo enfermo, algo le pasaba y no se sabía qué podía ser.

Empezaron las pruebas médicas y finalmente le detectaron epilepsia.

Por si no tenía suficiente con su diabetes, con los problemas anteriores de los que ya he hablado (y que no voy a repetir porque me causan dolor), con una depresión que se le había diagnosticado (posiblemente a causa del divorcio), y con una infancia algo triste por la falta de una madre, ahora llegaba esto.

Un cuerpo es capaz de soportar lo inimaginable y mantenerse en pie, como método de autosubsistencia, pero tarde o temprano una mala vida pasa su factura, y no suele ser barata.

No había salido de una y le venía otra. ¿Por qué Dios había decidido que su vida fuera así de difícil? ¿Por qué no le daba un respiro y le permitía ser feliz?

Las personas creyentes se amparan en Dios siempre que suceden cosas malas, pero cuando son cosas buenas nos olvidamos de él, o por lo menos no somos todo lo agradecidos que deberíamos, (obviamente esa es mi opinión).

En el transcurso de aquellos meses o años, ya no lo recuerdo, Jonás volvió a vivir a casa de su padre y dejó el piso de alquiler.

Era mejor para todos que se estableciera allí.

La mujer de su padre, María, era una señora maravillosa.

Se habían conocido en un baile, como suele decir la gente mayor, un año antes de conocernos Jonás y yo.

Aquella mujer era la bondad en persona, durante los años que estuvimos juntos me trató muy bien, con muchísimo cariño y a Jonás también.

Lo quería como a un hijo y Jonás a ella del mismo modo. Por fin había en su vida una figura materna de verdad.

Ella vivía en su propia casa y los fines de semana se quedaba en casa del abuelo y lo pasaban juntos. Eran pareja, pero también tenían su independencia en todos los aspectos.

María había enviudado hacía muchos años siendo aún joven y ahora se acompañaban mutuamente.

Así que Jonás volvió al nido.

Los años fueron pasando y su vida fue buena y a veces no tan buena.

En ese tiempo conocí a Héctor, mi actual pareja y de la que ya he hablado antes. Jonás no vio con buenos ojos aquella relación, aunque nunca dio ni una muestra de mala actitud hacia él.

Todo lo contrario, entablaron una relación muy cordial.

Quizás porque otro hombre iba a convivir con su hijo, quizás porque aún me amaba y no había perdido la esperanza de que algún día volveríamos a estar juntos, no lo sé.

Siempre fue muy amable con Héctor, jamás una mala palabra ni un mal gesto. Jonás era así, un ángel en vida. Tenía siempre amor y amabilidad para dar. Educado y respetuoso.

Puedo decir hoy, en este mismo momento, que fue la persona que más me ha querido y mejor me ha tratado.

Puedo mirar atrás y recordar que mi relación y matrimonio con él fueron maravillosos. Jamás me alzó la voz, jamás un insulto, jamás una mala palabra ni una falta de respeto.

Ni en los peores momentos de abstinencia.

Mi recuerdo es maravilloso a pesar de las piedras del camino, y así se lo he transmitido siempre a nuestro hijo.

Jonás siempre me decía que cuando nuestro hijo fuera suficientemente mayor para entenderlo, le contaría su experiencia con las drogas.

No quería que su hijo cometiera el mismo error, y al mismo tiempo ser sincero con él sobre el motivo de nuestra separación.

Volviendo al tema. Como os conté con anterioridad, quedé embarazada de Héctor sin buscarlo, pero tampoco lo evitamos. Simplemente sucedió y yo asumí que iba a tener a aquel bebé, a pesar de que nuestra relación no era la de un cuento de hadas.

Éramos muy diferentes en todos los aspectos. Pero sentíamos una atracción el uno por el otro y siempre creímos (erróneamente) que podríamos pulir nuestras diferencias con el tiempo.

Durante el embarazo la relación empeoró, tuvimos discusiones, insultos, e incluso llegamos a las manos.

En una ocasión, estando yo embarazada, le amenacé con un paraguas por la impotencia de no poder mantener una conversación con él. Él me empujó contra la pared. Ante tal suceso, le dije que se fuera de mi vida, le puse sus cosas en bolsas y se marchó.

Estuvimos separados, no recuerdo exactamente cuánto tiempo fue.

A falta de un mes y medio para dar a luz, tuve un aviso de parto y mis padres me llevaron al hospital, donde me hicieron todo tipo de pruebas y todo estaba bien. Simplemente el bebé se estaba preparando para nacer. Al salir de la consulta, vi a Héctor de pie al lado de mi madre. Tenía una espesa barba canosa y el pelo desaliñado, con ropa de trabajo; simplemente le vi muy desmejorado.

Vino y me preguntó qué tal todo; al parecer me había llamado y había cogido el teléfono mi madre, y tras contarle lo ocurrido se había presentado allí.

A partir de ese momento decidimos darnos otra oportunidad y a los pocos días volvió a casa.

Pero, como suele decirse: «La cabra tira pal' monte», y nada cambió.

Nació mi hijo Dante un mes antes de la fecha prevista, pero fue un buen parto y el bebé estaba perfectamente.

Entre tanto caos y discusiones en nuestra relación, la llegada del niño fue un soplo de aire fresco. Era un pequeño guapísimo con una mata de pelo oscuro y unos pequeños ojos verdes.

Sinceramente no daba apenas trabajo, dormía casi todo el día y se despertaba únicamente para comer. Un sueño para cualquier madre.

De vuelta en casa con el bebé, la relación siguió siendo la misma mierda de siempre, solo que ahora nuestro hijo ya había nacido y habían pasado ya otros cuatro o cinco años más de amarga relación, de gritos, insultos y un largo etcétera.

Durante aquellos años, Jonás siguió con su vida.

Venía a por nuestro hijo los fines de semana y cuando le correspondía, vacaciones, etc.

Pero poco a poco empezó a venir menos: la relación con el niño era poca, pero yo intentaba mantener aquella llama.

En Navidad, venía a por el niño y pasaba los días de Nochebuena y Navidad con su familia, y poco a poco, como en un suspiro, mi hijo ya tenía once años.

Cierto día, Jonás me llamó contándome que estaba enfermo, había cogido una gripe o resfriado que parecía no curarse nunca y no se sentía bien, hablamos un poco de todo y ahí quedó la conversación.

A los pocos días, fue su hermano quién me volvió a llamar.

Habían ingresado a Jonás en el hospital por una neumonía grave.

Me asusté mucho, obviamente, y me contó que, cuando por fin habían conseguido llevarle al médico, ya era muy tarde.

Sus pulmones estaban muy afectados y no sabían a partir de ese momento cómo se iba a desarrollar todo.

Estaba en la UCI y podía empezar a recuperarse o podía empeorar.

Había que tener en cuenta que a una persona diabética e insulinodependiente le costaba muchísimo más recuperarse de cualquier enfermedad que a una persona sana.

Durante unos veinte minutos dos veces al día, podíamos acceder a la unidad de cuidados intensivos a visitarle, aunque poco podíamos hacer más que mirarle y esperar que pasará el médico a darnos el parte como todos los días.

Se encontraba en un coma inducido ya que, según

pude entenderle al médico, y bajo mi ignorancia, es la forma más segura y rápida de que el cuerpo combata la enfermedad y se recupere.

Fue impactante para mí entrar y encontrarle inconsciente, lleno de vías y aparatos, con un tubo metido por la boca para ayudarle a respirar.

Me partió el alma verle en aquel estado, no podía aceptar que posiblemente no saliera jamás de allí.

¿Qué podía hacer yo por él en aquella situación?

Los días y, posteriormente las semanas, iban pasando y no parecía mejorar. De repente se me ocurrió que quizás oír la voz de nuestro hijo le daría fuerzas.

Hay quienes dicen que en ese estado los enfermos no escuchan nada, que no son conscientes de lo que ocurre a su alrededor. Yo me negaba a aceptar eso.

Me acerqué a su cama, una especie de colchoneta hinchable puesta encima de un somier, que iba cogiendo y soltando aire por las diferentes zonas; esto era para evitar las llagas o escaras al estar siempre en la misma posición.

Unos días antes, estaba metido en una especie de tubo que según me informaron las enfermeras era una forma de bajarle la fiebre, ya que con la medicación no lo conseguían.

Era aterrador verle así; eso me hacía darme cuenta de lo grave que era la situación.

Podía morir allí mismo, ya que su cuerpo no respondía a los tratamientos. Posiblemente agravado por las otras enfermedades que padecía.

Me senté en una silla junto a su cama y le tomé de la mano. Aquellas manos grandes y robustas que tenía se habían quedado pequeñas; de hecho, sus piernas y su cuerpo iban menguando por la falta de movilidad.

Me acerqué a su oído y le susurré:

—Jonás. Soy yo, Elena...

De repente sentí cómo me apretaba la mano.

Sentí un escalofrío que me recorrió todo el cuerpo.

«¡¡Dios mío!! ¡¡Me había escuchado!! ¿¿Era eso posible??».

Las lágrimas me saltaron de los ojos y fui corriendo a buscar a la enfermera.

Le conté lo que había ocurrido y me dijo:

—Claro que puede ser, aunque estén así, a veces nos oyen.

Entonces volví a su lado y empecé a decirle cosas.

—Tienes que ser fuerte, Jonás, estamos aquí esperándote. No puedes dejar que esto pueda contigo después de todo lo que has sido capaz de superar.

Pero ya no hubo más apretones de mano; la decepción me inundó, pero a la vez estaba segura de que podía escucharnos, así que tuve una idea.

No podía llevar a mi hijo al hospital a ver su padre en aquella situación, hubiera sido traumático para un niño de once años, pero podía hacer algo diferente.

Cuando llegué a casa le dije a mi niño:

—Si pudieras ver a papá ahora, ¿le dirías algo? ¿Qué le dirías?

Entonces saqué mi móvil y empecé a grabar la voz de mi hijo hablándole a su padre. Unas preciosas palabras de ánimo de un niño a su padre, diciéndole que lo necesitaba, que tenía que ponerse bueno y ser fuerte, todo lo que cualquier niño le diría a su papa que está enfermo.

Al día siguiente cogí una bolsa de cartón y en ella metí todo mi pequeño arsenal: unos auriculares pequeños, una botellita de cristal con aceite bendecido de la Señora Pepa (una santa beatificada de mi pueblo) a la que todos le teníamos gran fe y devoción, y un pequeño recipiente también de cristal que me habían regalado hacía unos años y que contenía, al parecer, agua de Lourdes.

Con todo eso me presenté en el hospital y, cuando fue la hora de poder entrar, coloqué la bolsa sobre una silla y saqué las dos botellitas de la bolsa.

Con el dedo le puse unas gotas de aceite y de agua

en la frente formando una pequeña cruz y una gotita en la comisura de los labios.

Me quité una pequeña medallita de la misma Señora Pepa que llevaba al cuello y se la coloqué en la palma de la mano y le cerré los dedos.

Y entonces cogí mi móvil y los auriculares, y busqué la grabación que había hecho mi hijo el día anterior.

Coloqué los auriculares con cuidado en sus oídos y puse en marcha el mensaje.

Fue cuestión de décimas de segundo cuando sus ojos cerrados empezaron a moverse hacia todos los lados: arriba, abajo, de un lado a otro.

No podía vérselos porque estaban cerrados, pero se movían rápidamente.

Empecé a llorar... Jonás podía escuchar la voz de su hijo... hablándole, dándole ánimos.

No podía verle, pero podía escucharle, sabía que le estaba esperando en casa y que lo necesitaba.

Una señora, que estaba sentada en una silla al lado del que supongo sería su marido, me miraba con curiosidad y extrañeza haciendo todo el ritual desde el aceite y el agua, hasta los auriculares.

—¿Qué le has puesto? ¿Música? —me preguntó.

—No —dije yo con lágrimas en los ojos—. Es la voz de su hijo pequeño dándole ánimos.

La señora abrió los ojos como platos y quedó realmente sorprendida.

—Es muy bonito eso que has hecho y, lo más maravilloso es que él lo ha escuchado…. ¿¿Viste como movía los ojos?? —me dijo la señora.

—Sí —respondí yo entre sollozos.

—Tranquila, que todo saldrá bien, ya verás cómo se recupera.

Aquel ritual se convirtió en una rutina de todos los días cuando iba a visitarle al mediodía.

Sacaba mis armatostes y lo repetía.

Uno de esos días pasó el doctor y nos llamó a su padre y a mí. Pasamos a una pequeña sala y nos dijo:

—Vamos a retirar el coma inducido, uno de sus pulmones ya se ha recuperado casi al 80%, el otro no. Estaba muy dañado y ya no va a mejorar más de lo que está.

«¿Eso era bueno o malo? ¿Estaba diciendo que iba a despertar y curarse o que podía fallecer?», me pregunté.

Todo era una incertidumbre.

—Mañana empezaremos a despertarle y veremos como transcurre todo.

Había pasado casi un mes desde que había ingresado. Un mes en el que acudí a diario y en el que de vuelta a casa tenía que responder todas las preguntas de mi hijo, que no sabía si su papa se iba a recuperar o no.

Un mes en el que todas las noches antes de dormir nuestro peque le rezaba a Dios por su padre, para que lo ayudará a curarse.

Había sido horrible.

Al día siguiente me levanté ansiosa, por suerte mi madre, que vivía justo un piso debajo de nosotros, me aprovisionaba de ansiolíticos para poder por lo menos dormir por las noches.

Obviamente, mis nervios llevaban mucho tiempo a flor de piel, mis TOCs y manías se habían acentuado mucho con todo aquel estrés, pero yo era una maestra en ocultarlos.

Los ansiolíticos me habían ayudado a sobrellevar aquello de la mejor manera posible, pero los estaba tomando sin supervisión de ningún médico.

Mi madre los tenía porque ella también había padecido depresión durante muchos años y seguía medicada, posiblemente ya de por vida, según su médico.

Ese día, cuando llegué a la sala de espera, ya estaban allí mi suegro y mi cuñado. Me miraron y me dijeron:

—¡Esta despierto! ¡Se ha despertado!

Fue como si una losa de piedra que llevará sobre mi espalda de repente desapareciera.

No cabía en mí de felicidad, no sabía por dónde empezar a preguntar:

—¿Lo habéis visto? ¿Habéis entrado?

—Sí —dijo mi cuñado—. Ahora puedes pasar tú si quieres, pero ten en cuenta que está débil, desorientado y no sabe muy bien lo que dice.

No me importaba, solo quería entrar y verle, abrazarle y decirle cuánto le habíamos echado de menos.

Cogí mi bolsa del ritual diario (aunque ya no la iba a necesitar más) y crucé la puerta automática.

Me dirigí hacia la cortina que cubría la zona donde se encontraba su cama, la retiré un poco y me asomé...

Allí estaba, tumbado con los ojos abiertos mirando el techo.

—¿Jonás?

Giró la cabeza y me miró.

—Hola, cariño, ¿cómo estás? —le pregunté sollozando.

Sonrió un poco y me dijo en un susurro:

—Hola.

Me acerqué y le di un abrazo como pude entre los cables de los goteros que todavía llevaba puestos.

—Menudo susto nos diste...

Me miraba, pero no decía nada, solo un intento de sonrisa y algún susurro que apenas podía entender.

Pero no me importaba, no había prisa, tenía todo el tiempo para ir recuperándose poco a poco.

El peligro ya había pasado después de un mes.

Las secuelas serían importantes, pero podría volver a la normalidad con paciencia.

Cuando le trasladaron a una habitación propia ya podíamos visitarle a cualquier hora del día, así que cuando le hubieron quitado los tubos y cables decidí que era hora de que padre e hijo se reencontraran.

La alegría en los ojos de mi hijo cuando le dije que papá había despertado fue increíble.

—Hemos rezado mucho a Dios, ¿¿verdad mama?? ¡Y papá se ha curado!

—Si hijo. Cariño, ¿te gustaría ir mañana a verle?

—Síííííí —dijo dando palmaditas.

El día que fuimos a ver su papa estaba muy nervioso. Llamamos a la puerta y la abrí: allí estaba tumbado en su cama viendo la televisión.

—¡¡¡Cariño!!! —dijo cuando vio al pequeño entrar delante de mí.

—¡Hola, papi! ¿Cómo estas…?

Estaba asustado y nervioso de verle allí en bata tumbado, con la cara comida; había perdido mucho peso durante aquel mes, la masa muscular había menguado y no podía apenas andar.

Era como empezar de nuevo.

Se acercó a su cama y se dieron un medio abrazo, ya que todavía no podía moverse mucho.

Por fin todo había pasado; mi hijo tenía a su padre o una parte de lo que era su padre. Quedaba camino por recorrer, pero ese camino ya era sobre plano y para mejorar.

IX

No recuerdo exactamente la fecha, pero era primavera y ya Jonás hacía vida «normal».

En casa le había estado esperando su amigo inseparable Kojack, un perrito bulldog francés que nos habíamos comprado justo después de la boda y que se había ido con él después del divorcio. Le acompañaba a todas partes, era su copiloto oficial, pero a Jonás le daba la vida. Siempre decía una frase...

—El día que me falte el perro, yo me iré detrás...

Su amigo fiel, en las buenas y en las malas, una vez nos lo robaron y tuvimos que pagar una recompensa a un sinvergüenza para recuperarlo.

Era como una personita metida en el cuerpo de un perrito.

Le hacía compañía, lo llevaba a comprar, de paseo por los parques, incluso dormían juntos. La verdad es que Kojack era muy importante para él.

Por otro lado, mi vida seguía por sus derroteros, casi ocho años habían pasado desde que conocí a Héctor, con altibajos, separaciones, reconciliaciones y vuelta a empezar. Pero seguía quedando una llama entre los dos que nos hacía seguir juntos, a pesar de lo tortuosa que era la relación.

Habíamos vendido mi piso y el suyo que estaba en una población cercana a Valencia, para quitar gastos y poder comprar una única vivienda familiar.

Mientras buscábamos un piso que nos gustara estuvimos viviendo, como dije antes, de alquiler en el mismo edificio en que vivían mis padres, justo en el piso superior.

Allí las cosas empezaron a ir peor, todas las discusiones y gritos los escuchaban mis padres que sufrían por ver la situación. Pero ninguno de nosotros dos daba el paso de decir: «Esto no puede seguir así, tenemos que dejarlo».

Así que la vida transcurría, vendimos también los dos coches para comprar uno solo más nuevo y quitarnos gastos.

Precisamente el día que íbamos a recoger el coche nuevo en Valencia, una mañana del mes de agosto, caminábamos a paso ligero cuando sonó mi móvil.

Lo saqué del bolso, miré la pantalla y vi que era Jonás, y respondí:

—¿Dime?

—¿Elena…?

—Sì…, dime, Jonás.

—Kojack ha muerto…. —me dijo, llorando.

—¿¿Qué dices?? ¿¿Qué ha pasado??

—No sé, esta mañana le puse de comer, pero no quería comer. Se me acercaba y me ladraba con un ladrido quejumbroso… Me fui a comprar y cuando volví, ¡¡¡estaba muerto!!!

Estalló a llorar y con él lloraba yo. Pobre Kojack… tenía once años y cuando lo compramos nos dijeron que esa raza no vivía mucho: entre seis y ocho años, nos dijeron. Ya tenía más de once, estaba ciego y casi no andaba ya. Mucho había durado en comparación con lo que nos dijeron.

Intenté calmarlo, diciéndole lo que me venía a la cabeza en ese momento. Apenas hacía unos meses que había salido Jonás del hospital y ¡ahora esto! No me lo podía creer.

Era como si el pobre animal se hubiera esperado a volver a ver su dueño para dejarse llevar. Ahora que su dueño ya estaba en casa sano y salvo, su misión había concluido y podía irse en paz.

Lo que no podía saber el pobre animal era la pena tan grande que le había dejado a su amo. Ya no volvería a ser lo mismo nunca. Su fiel amigo y compañero de vida se había ido, los años le habían pasado factura y la misión de cuidar de su dueño estaba concluida.

Mi hijo lloró, yo lloré, todos los que conocimos a Kojack lloramos su pérdida.

Una pequeña tumba cavada en el suelo del campo de naranjos y una cruz de madera hecha con dos palos era lo que quedaría de él ahora, en el campo de su hermano, para poder visitarle siempre que quisiera y sentirle cerca.

Posteriormente a ese suceso tan triste, los meses siguieron pasando.

Pasó agosto, septiembre, octubre... Esas navidades mi hijo tenía ilusión de pasar la Nochebuena con nosotros, ya que en años anteriores la pasaba con su padre, así que Jonás cenó con su familia, y el día de Reyes padre e hijo fueron a casa de sus tíos y abuelos a por sus regalos.

Siempre venía contento con sus paquetes y sus estrenas, dinerito que le guardaba su padre para, cuando quisiera algún capricho, comprárselo de su dinero ahorrado con ilusión.

Se acercaba su cumpleaños...

Doce años estaba a punto de cumplir mi niño y quería llevar a sus amigos a un Laser Space. Aquello era un poco caro, así que le pregunté a su padre si le parecía bien que lo pagáramos entre los dos y el peque tuviera el cumpleaños que deseaba. Obviamente me dijo que sí, y así lo hicimos.

Fue un día estupendo, Jonás entró con los niños al circuito y estuvo jugando con ellos.

Era principios de marzo y el clima era buenísimo. Un recuerdo que sin duda mi hijo no olvidará nunca.

Pasado un mes del cumpleaños, vino Jonás con su hermano a ver un partido de fútbol donde jugaba nuestro hijo. Ese día el niño tenía que ir a comer a casa de su padre después del partido, pero el juego se retrasó mucho y su hermano se tuvo que ir. Jonás me dijo que no podía esperar tanto y me pidió si podía acercarle yo a casa, y a la semana siguiente ya vendría a por el niño para llevárselo a comer. A mí me pareció bien y accedí. Así que cogí el coche y le llevé a casa.

Paré justo delante de su portal, en la mismísima puerta de su garaje. Él se quitó el cinturón de seguridad, cogió las cosas que traía, me dio un abrazo y dos besos, y se bajó del coche.

Antes de abrir la puerta de su casa se dio la vuelta y me dijo adiós con la mano... Lo recuerdo todo perfectamente... porque fue la última vez que le vi con vida.

X

Las semanas siguientes no vino a ver al niño ni a llevárselo a comer a su casa, tal y como me había dicho.

Mi hijo le llamaba por teléfono a petición mía para que charlaran y saber un poco qué tal iba todo.

Una tarde dejé al peque en el entrene de fútbol y me volví a casa. Era el mes de mayo y ya hacía buen tiempo, pero tenía cosas que hacer y regresé a casa.

Había estado llamando a Jonás ese día para decirle que el nano se iba de campamento al día siguiente, y que le llamara para despedirse o viniera a verle. Pero no respondió mi llamada ni mis mensajes.

Aparqué el coche, saqué las llaves de la casa y, cuando estaba abriendo la puerta, sonó mi teléfono. Lo saqué del bolso y vi que era mi cuñado quien me llamaba. «Qué extraño», pensé. Así que respondí:

—Dime, cuñao....

—¡Elena…! ¡¡Jonás ha fallecido!!...

Una enorme bola de hierro se colocó en mi garganta y no me dejaba apenas articular palabra; exploté a llorar...

—¿¿¿Qué dices??? ¿¿¿Qué ha pasado??? —grité llorando.

—Un accidente en las escaleras —respondió sollozando.

—¿¿Puedo ir?? —Fue lo primero que dije.

No entiendo por qué pregunté eso; iba a ir igualmente.

—¡¡¡Voy a ir ahora mismo!!!

Pulse el timbre de mi madre, que vivía justo debajo y me respondió:

—¿Sí?

—¡¡¡Mamá, baja, que Jonás a muerto!!!

—¿¿Qué dices?? ¡Ay, ay, por el amor de Dios!

Colgó el telefonillo y en diez segundos bajaba las escaleras como alma que lleva el diablo.

—¡¡Mamáááá!! ¡¡Nooo!! ¡¡Jonáááás!!

Yo no podía dejar de llorar y gritar.

Subimos al coche y salimos hacía su casa.

No recuerdo el trayecto de mi casa a la suya, que estaba en el pueblo de al lado. No recuerdo pasar por el puente, no recuerdo como conseguí llegar. El único recuerdo que tengo de ese recorrido es la música que sonaba en la radio del coche: Hymn for the Weekend.

Esa canción jamás, jamás, la olvidaré. De hecho, han pasado seis años desde ese fatídico día y cada vez que la escucho revivo aquel viaje en coche, presa de los nervios, llorando y viendo a mi madre llorar, repitiendo una y otra vez:

—¡¡Ay, Jonás!! ¡Tú no! ¡¡Ay, Jonás!! Por el amor de Dios, ¿qué ha pasado? ¡Cariño mío!

No dejaba de repetir las mismas frases una y otra vez.

Cuando doblé la esquina de su calle con el coche, vi una aglomeración de gente en mitad de la calle, cortando el paso, una ambulancia parada en doble fila, y un coche de policía con las luces encendidas.

Dejé el coche parado en doble fila y bajé, llorando y corriendo hacia el portal. Había un policía justo delante de la entrada que me cogió.

—¿Dónde va, señora?

—¡¡¡Es mi marido!!! ¡¡Por favor, déjeme pasar, es mi marido!!

—No puedo dejarla pasar, ¡no debe entrar ahí!

De repente alguien me cogió por detrás del brazo. Me di la vuelta y era una gran amiga nuestra, María.

Ella había sido como una hermana para Jonás. Era la única de toda la cuadrilla que todavía me hablaba y con la que tenía un trato cordial.

Su madre tenía una pequeña tienda de barrio justo en la acera de enfrente, con pijamas, lencería, calcetines y ese tipo de cosas.

—Ven aquí, Elena, ven —me dijo con voz calmada y los ojos rojos de haber llorado.

—¿Usted la conoce? —preguntó el policía.

—Sí, sí, es su exmujer...

—Deberían llevarla al médico para que le den algún calmante.

—Tranquilo, nosotras nos ocupamos...

Nos llevó dentro de su tienda y nos acomodó en una silla, nos preparó una infusión de tila.

Yo no dejaba de llorar, gritándole a ella y a su madre.

¡Le he llamado hoy! Y no me respondió... Le mandé un mensaje y no me contestó.

—Tranquila, Elena, tómate la tila, ahora te llevamos al centro de salud y que os den algo para tranquilizaros.

Yo no quería ir a ningún médico, solo quería que me dejaran entrar en su casa. Quería verlo, quería saber qué había pasado.

No recuerdo quién fue, pero alguien nos llevó al ambulatorio; un médico nos atendió. Nos estuvo haciendo preguntas y me ofreció un calmante que yo rechacé.

Solo quería que me dejaran irme de allí, quería ir a casa de Jonás.

Todos aquellos momentos están borrosos en mi mente.

Finalmente, alguien nos llevó de regreso a su casa. Cuando llegamos ya no había ambulancia ni policía. La puerta de la calle estaba abierta y entré corriendo.

En cuanto subí el primer tramo de escaleras, vi un agujero en la pared y sabanas manchadas de sangre en el suelo.

Subí el resto de los escalones y entré en la casa. Mi recuerdo de quién estaba allí es tenue. Vi a su padre y a su hermano, y había más gente que no recuerdo. Sin apenas detenerme, recorrí el largo pasillo y entré en su habitación.

El olor que había allí dentro, su olor, lo reconocí de inmediato.

La cama estaba deshecha y la almohada todavía conservaba la forma de su cabeza.

Me arrodillé y cogí las sábanas con las manos, las pase por mi cara, acariciándolas y oliéndolas. Recliné mi cabeza sobre su almohada y empecé a gritar.

—¡¡Ay, Jonás!! ¿¿Qué te ha pasado, cariño mío?? ¿¿Qué ha pasado, mi amor?? Dime algo, por favor, ¿¿estás aquí??

Y levanté la cabeza, mirando el techo, la lámpara, las paredes.

No sé por qué, pero esperaba una respuesta.

No recuerdo el rato que estuve allí, pudieron ser segundos, minutos o incluso una hora. Perdí la noción del tiempo; no recuerdo si mi madre estaba conmigo o se había quedado fuera. Son cosas muy puntuales las que perduran en mi mente.

Me dirigí hacia el salón donde escuchaba las voces de mi suegro y mis cuñados. En ese momento entraba mi cuñada por la puerta; recuerdo perfectamente una frase que dijo:

—Alguien tiene que salir y recoger y limpiar eso.

Obviamente se refería a las sábanas y la sangre de la escalera. Al parecer, había sufrido un ataque epiléptico o algún mareo mientras subía y cayó hacia atrás, golpeándose la cabeza.

No recuerdo despedirme de nadie ese día, ni siquiera recuerdo cómo regresé a mi casa con mi madre, pasadas las once de la noche.

Se habían llevado el cuerpo a Valencia para hacerle la autopista, y al día siguiente por la tarde lo llevarían al tanatorio.

Supongo que todo eso me lo diría mi cuñado porque no lo recuerdo.

Abrí la puerta de casa y en el sofá estaba Héctor con mi hijo, todavía despierto.

¿Cómo iba a decirle a mi hijo lo que había ocurrido?

No encontraba la forma ni las palabras. ¿Cómo se le dice a un niño que su padre ha muerto? No hay palabras suaves ni adecuadas.

Decidí hacerlo de un modo diferente, a mi manera.

Héctor le había dicho que yo estaba en el médico porque me encontraba mal.

—¿Cómo estás, mami? ¿Estás mejor? —me dijo con su vocecita.

—Cariño, mamá está bien; es papá el que está malito.

—¿Otra vez? —dijo sollozando.

—Sí, cariño, otra vez. Pero ahora es mucho más grave que hace un año... Tenemos que esperar a que pase la noche para saber si se curará o no. Quizás no se recupere, cariño. Tenemos que pensar en eso también.

—Rezaremos como antes por él —me dijo con su vocecita rota.

Lo arropé en mi cama hasta que se durmió. Sobre la silla estaba su mochila del campamento al tenía que ir al día siguiente.

Me fui al salón y me senté en el sofá. Héctor estaba conmigo, las lágrimas le corrían por las mejillas. Fue una noche larguísima, de paseos de la cama al salón, del sofá al baño, así hasta que amaneció.

Estábamos a la espera de que trajeran el cuerpo sobre el mediodía. Era temprano todavía y fui a despertar a mi hijo.

Le acaricié la cabeza y abrió los ojos.

—Buenos días, cariño.

—¿¿Cómo está, papá?? Fue lo primero que salió de su boca.

—Papá ya está en el cielo, mi amor. Le dije llorando.

—¿¿Se ha muerto?? —preguntó mientras soltaba pequeñas lágrimas.

—Sí, cariño mío, se ha ido con Dios.

Y empezó a llorar desconsoladamente. Yo no sabía qué decirle ni cómo actuar, le abrazaba fuertemente y le decía que estuviera tranquilo, que no se preocupara porque ahora Dios le estaba cuidando y estaba bien, feliz y en paz.

Fue el momento más angustioso de toda mi vida.

La peor situación por la que jamás he pasado.

Fuimos al colegio para informar de lo ocurrido y explicar al tutor que el niño no iría al campamento.

Con el tiempo, y luego pensándolo en la lejanía, tengo que decir que el profesor no nos trató nada bien.

Ni tan siquiera nos invitó a pasar a un salón para hablar. Tuvimos que explicárselo todo allí, de pie, delante de los niños y profesores que entraban.

No le mostró ni un miserable detalle de cariño a mi hijo, ni ese día ni en las semanas y meses que siguieron.

Fui a hablar con la psicóloga del colegio para que le prestaran más atención a mi hijo, para ver cómo evolucionaba y cómo se comportaba en clase después de su pérdida. Simplemente quería que le observaran y saber cómo iba encajando la pérdida.

Pero me ignoraron por completo; nunca nadie habló con mi hijo, ni le preguntaron cómo se sentía. Nadie le prestó la más mínima atención. Cosa que me causó gran decepción y frustración al tratarse de un colegio católico de monjas.

Únicamente la directora del centro, una de las hermanas, me llamó pasadas unas semanas para darme el pésame y decirme que, al ser huérfano de padre, los costes de matrícula y mensualidad los pagaba el colegio a partir de ese momento, al igual que los libros de texto.

XI

No quería yo que mi hijo viera a su padre fallecido, así que no vino al tanatorio, pero el hijo de María, la mujer de mi suegro me dijo...

—Al entierro llévale, deja que pueda estar en la misa y despedirse de su padre... con los años, cuando sea mayor, te lo agradecerá. Y te lo digo por experiencia propia: mi padre falleció y yo tenía su misma edad.

Y así lo hice.

Antes de acudir a la misa le pregunté a mi hijo si había cosas que le hubiera gustado decirle a su padre, obviamente me dijo que sí.

—Pues entonces vamos a escribirle una carta y se la pondremos dentro para que pueda leerla.

Del entierro recuerdo cada detalle: la gente en la puerta de la iglesia, el coche fúnebre llegando y amigos y familiares bajando el féretro. Mi suegro llegando a pie, arropado por la familia, llorando, y mi hijo mirando todo aquello que jamás antes había visto.

De repente me preguntó:

—¿Papá está ahí dentro? ¿¿Dentro de esa caja??

—Sí, cariño.

Asustado y triste, descolocado, no sabía muy bien que estaba pasando.

Su abuelo se abrazó a él, llorando desgarrado en cuanto nos vio.

Fue una ceremonia muy bonita y emotiva, a la vez que triste. Acabada la misa, mis familiares se fueron a casa y se llevaron a mi hijo con ellos.

Yo decidí subir al cementerio para el último adiós. Necesitaba verle una última vez. Conmigo llevaba la carta que mi hijo y yo habíamos escrito.

Muchísima gente vino al cementerio. El señor de la funeraria preguntó a la familia si alguien quería verle antes de cerrar la caja definitivamente. Mi cuñado me preguntó y automáticamente le dije que sí.

Me acerqué al ataúd y le miré, estaba tan perfecto, era como si estuviera en un dulce sueño. Le acaricié la cara y le di un beso; un beso frío, helado en la frente. Coloqué la carta encima de sus manos, y un señor bajó la tapa y se lo llevaron hacia dentro.

Subieron el féretro a una tercera altura, donde estaba su madre y lo introdujeron dentro.

Ahí terminó todo.

Jonás ya no existía.

La vida seguía su curso, sin él.

Mañana amanecería y anochecería, sin él.

La gente iría a trabajar, sin él.

Mi vida seguía y la de mi hijo también, sin él.

Nada había cambiado, excepto que él ya no existía.

Estas frases me llevan acompañando estos seis años.

Te das cuenta de que no somos nada; llegamos y nos vamos y nada cambia, excepto el dolor que sienten los que se quedan.

Desde ese momento mi vida cambió. Hay un estudio que dice que cuando alguien querido muere tendemos a ponerlo en un pedestal, que únicamente recordamos las cosas buenas de esa persona y tendemos a olvidar las malas, que lo idealizamos. Puede que sea cierto. Pero si tuviera que decir alguna cosa mala de Jonás no podría... porque no la tenía. Pero es que realmente no las tenía.

Nadie, y repito nadie, jamás en la vida me va a querer como me quiso él. Y a pesar lo de lo vivido, sé que yo nunca amaré a nadie de la forma en que le amé a él.

Espero y deseo con toda mi alma que haya encontrado la paz y ahora por fin sea feliz junto a su madre.

Y que el día que llegue mi hora, cuando vea esa luz al final del túnel, Jonás me esté esperando allí, para poder seguir nuestra relación allá al otro lado.

Allí no hay drogas ni enfermedades, únicamente paz.

Allí podremos por fin ser felices por el resto de los tiempos.

Pasados unos meses, sentía la necesidad de tenerle cerca de mí.

Así que fui y me hice dos *tattoos* en los dedos. Uno en el dedo anular donde había llevado mi anillo de casada; era un corazón con un símbolo de infinito encima. El otro me lo hice en el otro dedo anular y elegí la palabra *FOREVER*, que tantas veces nos habíamos dicho.

Los dos dedos anulares, donde debería llevarse el anillo de boda, en mi caso ahora ya están ocupados. Y ningún anillo más entrará en esos dedos. Porque tengo claro que jamás me volveré a casar.

Él fue el amor de mi vida y sé que jamás conoceré a nadie así.

XII

Mirando su lápida, semanas después, uno de esos días en que yo me sentaba en un banco que hay justo delante de su tumba a llorar y a meditar, me di cuenta de que su madre y él fallecieron a la misma edad: a los 40 años.

Ese vacío que deja alguien cuando se va te hace darte cuenta de lo que tenías y de lo que tienes. De cómo era tu vida y de cómo es ahora.

En alguna ocasión, cuando mi hermana y yo pasamos por delante del que fuera nuestro piso, me vienen recuerdos y ella me dice:

—¿Cómo puedes tener buenos recuerdos de este piso si ahí fue donde ocurrió todo cuando él era adicto?

Y me paro a pensar y me reitero:

—¡¡Qué buenos recuerdos!! Allí fui feliz a pesar de los problemas, porque nos queríamos, porque nos respetábamos.

Sí, fueron tiempos difíciles, pero fui muy feliz.

Si estoy escribiendo esto es porque ahora sí que soy tremendamente infeliz.

Estoy pasando la peor etapa de mi vida, y me explico.

Cuando murió Jonás sufrí muchísimo, tuve que acudir de nuevo al psiquiatra, porque no lograba admitir que ya no estaba entre nosotros.

Volví a seguir un tratamiento antidepresivo durante unos meses, pero el duelo tiene sus etapas y yo pasé por todas ellas. Quizás me costó más, pero las pasé. Y aunque el dolor no se va, aprendes a vivir con él, le haces un hueco en tu corazón y le dejas ahí, y sigues tu vida.

Pero en estos momentos el problema está en casa.

Mi relación con Héctor es inexistente.

Hace más de un año que dormimos separados y únicamente compartimos piso, como dos compañeros que alquilan un piso a medias.

No tendría suficientes palabras ni tengo suficiente fuerza para narrar el calvario que han sido estos catorce años juntos.

Y con esto no estoy diciendo que yo soy la buena y él sea el malo, para nada. Aquí somos dos culpables incapaces de encontrar el equilibrio para ser una pareja.

Son tantísimas las cosas que podría contar y que obviamente él me rebatiría, pero contaré algunas.

¿Y por qué las voy a contar?

Porque es mi libro, es mi historia y es mi vida.

Si él tiene algo que objetar, que escriba su propia historia.

Para empezar, la relación ya comenzó mal, yo estaba soltera, o mejor dicho divorciada, y libre para hacer lo que me diera la real gana.

Venía de unos años difíciles con el tema de Jonás, las adicciones, etcétera. Y, tras el divorcio, fue como respirar aire fresco, un nuevo comienzo.

Quizás cuando empezamos a quedar para mí fuera más una distracción que una relación, con lo cual yo no cerraba las puertas a nadie. Igual que le había conocido a él, podía conocer a otro. Nada ni nadie me ataba, yo no había jurado amor eterno; simplemente disfrutaba la vida. Posiblemente para él fuera diferente. Él dejó a su novia por mí, aunque nadie le obligara a hacerlo. Fue libre de elegir, como lo era yo.

Cuando por fin conocí a su madre, de la cual él me hablaba maravillas, pues tengo que reconocer que no fue la mejor de las acogidas.

Siendo clara, yo no era lo que ella quería para su hijo. Y hasta un punto puedo entenderlo como madre que soy, porque que te venga tu hijo, que tiene su pisito comprado, con su novieta de algunos años… y de repente te dice que ha dejado a la novia, que está saliendo con una divorciada que encima tiene un hijo… Pues no es un plato que a una madre le guste comer.

Pero hay algo que se llama respeto, respeto a tu hijo que ha elegido a esa mujer, y respeto a esa mujer que no conoces de nada, que podría ser tu nuera y darte nietos en el futuro (tal y como ocurrió), y no juzgar antes de conocer y menos cuando predicas que eres católica practicante y buena persona.

¡No! ¡Eso no se hace! Se predica con el ejemplo, no con la palabra. Y este no ha sido el caso.

No digo yo que la mujer fuera mala persona, al revés, era muy querida por todos, preocupada por el bienestar de los demás, amable y cariñosa, pero hay que saber dónde están los límites y hasta dónde tus opiniones o acciones pueden hacer bien o no. Aunque las hagas con la mejor de las intenciones.

Jamás me sentí bien recibida, y no digo que me hayan tratado mal, pero cuando no eres muy querida… ¡lo notas!

Una no es tonta. Yo he tenido otras parejas antes de su hijo, y esas parejas tenían madres, y unas me quisieron mucho y otras no. En definitiva, que simplemente si se te quiere lo notas.

Pero hay una cosa que se debe tener clara: Cuando tienes hijos los educas y los crías de la mejor manera posible, para que el día de mañana sean honestos, honrados y capaces de tomar sus propias decisiones.

Pero cuando tus hijos hayan crecido y hayan hecho sus vidas, serán ellos quienes decidirán en su propia casa, junto con su esposa, cómo se hacen las cosas, porque tu papel de madre ya habrá terminado.

Ahora eres abuela. Y tus hijos, junto a sus mujeres, decidirán sobre qué cosas pueden o deben comer sus hijos, decidirán dónde quieren ir a pasar sus vacaciones, decidirán qué carreras estudiarán o qué ropa usarán. Y tú ahí ni pinchas ni cortas absolutamente nada.

¡Eso hay que tenerlo claro! Porque cuando te metes donde no debes pueden pasar dos cosas: una, que tu hijo o hija te mande a hacer puñetas y elija a su mujer e hijos (que ahora son su familia), o dos, que tu hijo te apoye a ti, con lo cual estarás rompiendo una familia.

Bueno, pues en mi caso la familia está rota desde el minuto cero, jamás me he sentido aceptada y, lo peor, mi pareja jamás me ha apoyado.

—¡¡Noo, noo, noo, eres tú que estás loca y te lo imaginas todo!!

¡Cuántas veces he oído esas palabras!

«Loca», esa es la palabra clave.

Soy una persona enferma mentalmente, tengo temporadas, que pueden ser años, en los que estoy perfectamente y tengo temporadas que, por desgracia, no sé lidiar con ciertas situaciones y necesito ayuda de un especialista.

Pero no por eso soy una «loca».

Hay un enorme tabú en la sociedad sobre este tema.

La ansiedad, el estrés y el pánico forman parte del día a día de muchísimas personas, pero sientes la necesidad de no contarlo porque hay personas que no lo entienden.

Cuántas veces me habrán dicho a mí:

—Todo está en tu cabeza. Si quieres puedes salir, mantente activa y verás cómo se te va.

¡Nada más lejos de la realidad!

Sí, es cierto que el deporte o realizar actividades pueden ayudarte a distraerte, pero, señores y señoras: ¡¡una persona no tiene depresión o ansiedad porque quiera!!

Qué más quisiera esa persona que no sentirse así, pero no es tan sencillo.

Hay personas que pueden tener un episodio depresivo en su vida y punto. Pero hay personas condenadas a vivir y luchar contra la depresión o la ansiedad durante muchos años a lo largo de su vida.

Cuando acudí a urgencias hace ocho meses, no sabía qué era lo que me estaba pasando.

Yo había tenido episodios depresivos por alguna ruptura amorosa, por la muerte de mi exmarido, por alguna cosa en concreto, y con la ayuda del profesional pude encontrar la solución del problema que la había causado; poco a poco conseguí superarlo siempre.

Pero esta vez yo no estaba bien, tenía muchísimo miedo, era un pánico constante que me consumía día y noche.

Por el día sufría sin saber por qué y por la noche tenía pánico porque no podía dormir. Y el pánico se acrecentaba, llevándome incluso a salir en pleno invierno a las tres de la madrugada a caminar por las calles de mi ciudad, porque estaba presa del miedo.

¿Qué me estaba pasando?

Mis hijos estaban bien, económicamente estábamos bien, aunque yo no tengo trabajo desde hace algunos años, pero vivimos con nuestros caprichos y nuestras vacaciones. Entonces, ¿qué era?

Había cogido miedo a conducir… ¡yo! Que me encanta viajar, que conducir me relajaba y me gustaba.

No entendía nada.

Unos meses antes, volviendo de recoger a mi hijo del instituto, nos pillaron unas lluvias torrenciales que nos dejaron aislados, y no podíamos llegar a casa. Las carreteras estaban cortadas y las calles, túneles y campos anegados por el agua, que ya nos entraba por parte baja del coche.

Fue una experiencia traumática y meses después creo que eso fue la mecha que prendió el barril de pólvora. Un barril que explotó en forma de ataques de pánico y ansiedad, y en consecuencia una depresión.

Tras la primera visita a la psiquiatra, a ella le quedó claro cuál era el problema.

El problema no fue lo sucedido aquel día con las lluvias; ese hecho era la llave que había abierto la caja.

La caja del dolor.

La caja de catorce años de malvivir.

Catorce años de relación tóxica y reprimida.

Mi cuerpo había dicho: «¡Basta!».

Ese era el problema y tenía que ponerle solución.

Empecé un tratamiento nuevo, pero tal y como me dijo la doctora:

—Esto va a mitigar el dolor, aliviará tu ansiedad, pero no te vas a curar hasta que soluciones el verdadero problema… y el problema es tu relación.

Busqué por internet, me informé, indagué métodos, ejercicios, cualquier cosa que me ayudara, y tengo que decir que no hay métodos milagrosos.

Puedes aprender a conocer tu cuerpo y tu mente, y conseguir en ocasiones evitar ataques de pánico o bajar tus niveles de ansiedad.

Encontré un vídeo de un chico, y las cosas que contaba y lo que sentía me describían a mí, me sentí muy identificada.

Y hubo una frase que dijo:

—El ataque de pánico es un malentendido del cerebro. En un momento dado nuestro cerebro percibe algo inconscientemente y lo relaciona con algo malo que hayamos vivido y automáticamente se pone en alerta, aunque en ese momento no esté sucediendo nada.

Eso me ayudó a controlar mis ataques de pánico.

Cuando empezaba a sentir que me venía, automáticamente le decía a mi cerebro: no pasa nada, no está pasando nada para que estés en alerta. Todo está bien, igual que hace diez minutos. Y así consigo evitarlos muchas veces.

Hace dos días fuimos a una terapeuta de parejas, que nos dijo que nuestra relación está acabada (cosa que ya sabíamos los dos), y que ahora lo que tenemos que conseguir es que la separación sea lo menos dolorosa posible.

Yo no tengo trabajo y sigo buscando, incluso estoy intentando emprender mi propio negocio *online*. Porque necesito ser independiente económicamente para poder separarme.

Por parte de Héctor, él está tan infeliz como yo, pero sigue viviendo aquí porque así puede estar con su hijo.

En pocas y claras palabras, estamos juntos por nuestros propios intereses.

En cuanto yo tenga un trabajo con el que pueda mantener mi casa y a mis hijos, cada uno tomará un camino diferente y solo nos unirá el hecho de tener un hijo en común (que no es poco). Un hijo maravilloso, cariñoso, guapísimo, y que hace que no me arrepienta de haber conocido a su padre, por muy mala que haya sido nuestra relación.

Aunque hayamos malgastado catorce años soportándonos.

En estos momentos, hoy mismo, he visitado a mi psiquiatra, que me ha prolongado el tratamiento otros tres meses, y me ha dicho:

—Ojalá cuando vuelvas tengas trabajo y puedas liberarte por fin de esta cadena.

Me da muchísima lástima que mi otro hijo tenga que crecer de nuevo separado de su padre; ojalá hubiéramos sido capaces de encontrar el equilibrio en nuestra relación y ser una familia feliz.

Pero necesito respirar y recuperarme.

Con esto solo quiero decir que, por muy mal que te haya ido la vida, por muchas experiencias traumáticas que hayas pasado, por muy negro que lo veas todo, siempre se puede salir.

Jamás lo dudes, tienes fuerza donde menos lo imaginas, jamás te rindas y busca ayuda cuando veas que solo o sola no puedes.

Yo todavía estoy en el proceso, pero sé que lo conseguiré. En cuanto a mis TOCs, quién sabe… De momento siguen en mi vida y no sé si algún día desaparecerán.

Lógicamente, tengo miedo de pensar cómo será mi vida después de nuestra separación, pero necesito hacerlo y empezar de cero.

Y recuerda: ¡depresión no es igual a estar loca! Y no dejes que jamás nadie te etiquete de esta forma.

Esta es mi historia y así la he contado. Empecé a escribir como una terapia para mí misma, porque necesitaba desahogarme. Y un día pensé que quizás mis experiencias le pudieran servir a alguien a salir del agujero.

Y aquí dejo de momento esta historia. Probablemente en el futuro, cuando consiga llevar a cabo mis proyectos y haya hecho los cambios en mi vida, os vuelva a escribir.

Y ojalá las historias que tenga para contar sean completamente diferentes.

De momento, solo puedo dejaros mis experiencias y mis vivencias hasta la fecha de hoy.

Y recuerda siempre algo que leí en algún sitio:
Sueña sin límites.
Vive sin miedos.
Y, sobre todo, quiérete.

SOBRE MÍ

Hablar sobre uno mismo siempre es complicado. De cara a la gente siempre queremos mostrar nuestra mejor versión, sin embargo, en nuestra mente siempre vemos únicamente nuestros defectos.

Siempre he sido una persona extrovertida y aventurera. En cuanto a mi experiencia como escritora, esta es mi primera vez. Soy apasionada de la fotografía y la pintura.

Pero también soy una simple administrativa con estudios también de geriatría, que ha visto como se apaga la llama de la vida en los ancianos que cuidaba.

Puede ser que esta sea mi única obra, aunque el hecho de poder publicarla me ha inspirado la idea de escribir de nuevo. Esta vez, narrando como esta siendo mi vida después de este punto y aparte.

Me siento como el ave fénix resurgiendo de sus cenizas.

ÍNDICE